双葉文庫

大富豪同心

御用金着服

幡大介

目次

御用金着服　大富豪同心

第一章　初夏の陽炎《かげろう》

一

土砂降りの雨が容赦《ようしゃ》なく地を叩いている。

「梅雨《つゆ》の戻りかよ」

三右衛門《さんえもん》は笠をちょっと上げて、真っ暗な空を見上げた。

中山道《なかせんどう》の街道上にできた大きな水たまりでは、雨粒が激しく弾《はじ》けていた。

武蔵国《むさしのくに》と上野国《こうずけのくに》は、神流川《かんながわ》や烏川《からすがわ》など、大小の河川によって国境《くにざかい》と成す。見渡すかぎりの平原だ。真っ黒な雨雲が低く垂れ込めている。雲の底からは激しい降雨が筋になって、地に向かって延びているのが見える。これを雨条《あますじ》という。雨条は強風に煽《あお》られて几帳《きちょう》（カーテン）のように揺れていた。

三右衛門は荒海《あらうみ》一家を率いる侠客《きょうかく》であった。子分衆は笠と合羽《かっぱ》に雨を打たせながら無言で居並んでいる。

雨降りが激しくなるに連れて空はますます暗くなり、見渡す景色も灰色に沈んで夕刻のようだ。三度笠のヤクザの群れはますます陰鬱《いんうつ》に景色に溶け込んで、さながら墓場の墓標のような不気味さを感じさせていた。

「来やがったぞ」

中山道の南の方角から一台の荷車が車軸を軋《きし》ませながら近づいてきた。前後は三十人からの武士によって守られている。

それはなんとも物々しい集団であった。武士たちは笠を被《かぶ》り、蠟引《ろうび》きの合羽を着けている。黙々と歩を進めてきた。

三右衛門はサッと片手を振った。子分たちが合図に従って、街道上を走っていく。荷車を守る武士たちは、異変に気づいて腰の刀に手を伸ばした。

「何者ッ」

武士の一人が叫んだ。笠と闇とで隠されて、人相はよくわからない。

三右衛門も急いで歩み寄った。

「怪しい者《もん》じゃあ、ございません。手前らは荒海一家を名乗る時化《しけ》たヤクザ者どもにござぇやす。……そちら様は、御勘定奉行所のお役人様にございやすね」

それには答えず武士は、

「ヤクザ者が何用だ！　我らは御用旅、行く手を塞ぐならば斬って捨てるぞ！」

重ねて叫んだ。

「そいつぁご勘弁」

三右衛門は恭謙《きょうけん》を装《よそお》って低頭した。

「あっしらは南町の隠密廻《おんみつまわり》の同心様、八巻《やまき》様の手札を預かる者にござんす」

武士の身体《からだ》がビクッと震えたように思えた。合羽が雨粒を激しく飛ばすのが見えた。

「南町の八巻だと？」

八巻は南北町奉行所一の切れ者同心であると同時に、名にし負《お》う剣客。さらには札差《ふださし》の三国屋《みくにや》からも深い信頼を寄せられている。その評判は勘定奉行所の役人の耳にも届いていたのに違いない。

三右衛門は懐《ふところ》から八巻の手札を出した。大事そうに油紙に包まれている。

「お検《あらた》めくだせぇ」

取り出した手札を代貸《だいがし》の寅三《とらぞう》に渡す。寅三は武士の許《もと》に歩み寄って、手札を開いて見せた。

手札とは名刺のことだ。役人の手下として働く者たちは、役人の手札を預かることで身分の証明とする。

武士は手札に捺《お》された南町奉行所の印判などを確かめた。本物と認めて三右衛門に質《ただ》す。

「八巻殿が公領に出役《しゅつやく》しておるのか」

「へい。ご老中様の、本多出雲守《ほんだいずものかみ》様じきじきの御下命《ごかめい》を奉じやして、当地の騒動を鎮《しず》めるために出役なさっておいでです」

「ご老中様、ごじきじきの……！」

南町の八巻は、一介の町方同心ながら、老中の本多出雲守と昵懇《じっこん》である。昵懇どころか出雲守の密命を果たしている――とも噂されていた。

八巻が老中の意を受けている、となれば、手下のヤクザ者も、老中のために働いている、ということになる。さすれば、あだやおろそかにはできない。武士は少しばかり丁寧《ていねい》な物腰に改めて、質した。

「して、お前たちが我らの前に立ちはだかった、そのわけは？」

「手前どもはお使いを言いつかって参ったんでございやす」

三右衛門は別の書状を懐から出した。再び寅三が二人の間を往復して、書状を武士に手渡した。

書面を開いて一読して、武士は愕然《がくぜん》とした。

「御用金を、渡せ、じゃとッ？」

三十人からの武士が厳重に守って運んできた荷車には、幕府御用金の千両箱が載せられて、莚《むしろ》が被され、縄で縛りつけられてあったのだ。

「この金子《きんす》は、壊された堤《つつみ》を修築するためのものじゃぞ」

三右衛門は頭を下げたまま、上目づかいに不遜《ふそん》な目をジロリと向けた。

「委細《いさい》は承知しておりやす。ですからその金子は、南町の八巻様がお預かりいたします」

「いかなる道理があって！」

「八巻様は本多出雲守様の御下命を奉じおりやす。これは出雲守様の御下命と思《おぼ》し召しくだせぇ。それにこの件は、満徳寺《まんとくじ》様もご承知のことにございやして」

「満徳寺様が？」

「満徳寺様に寺役人としてご着任中の、寺社奉行所の大検使、庄田朔太郎《しょうださくたろう》様の判物《はんもつ》も揃ってございやすぜ」

判物とは印判を捺した行政書類のことだ。三右衛門は立て続けに書類を武士に見せた。

武士は「ううむ……」と唸《うな》った。

「ご納得いただけやしたでしょうか。ならば、その荷車は、こっちで預からせていただきやす。それっ、野郎ども！」

荒海一家の子分たちが荷車に向かって走り寄る。これが気合というものであろうか、武士たちは荷車から離れて、ヤクザ者たちに譲った。

「ようし、出立《しゅったつ》だ！」

荒海一家は意気揚々として荷車を引くや、上野国、徳川《とくがわ》郷の満徳寺へと向かって歩みだした。茫然《ぼうぜん》と見送る武士たちの姿は、激しい雨の水煙に紛《まぎ》れて、すぐに見えなくなった。

土手の草むらからヒョイと顔を出した若い男が、濡れた夏草で足を滑らせながら駆け寄ってきた。

「上手《うま》くいったね、親分！」

「上手くいったね――じゃねぇッ！」

三右衛門は拳骨《げんこつ》を振り上げた。若い男は慌てて避けた。

「顔は殴らないでおくれよ。役者にとっては大事な商売道具だ」

そう言って愛らしい唇を尖《とが》らせたのは、若衆役者の由利之丞《ゆりのじよう》である。

三右衛門はますます激昂《げつこう》した。

「馬鹿野郎ッ。なにが商売だ、手前ェ《てめ》は本業の役者じゃあ、まったく銭を稼いじゃいねぇだろうが！」

由利之丞は江戸三座の歌舞伎役者だが、うだつの上がらぬ端役《はやく》役者で、芝居小屋での給金では暮らしを立ててゆけない。

「手前ェが八巻ノ旦那に成り済まして、御勘定奉行所の役人と掛け合う算段だったんだろうが！」

ところが肝心の場面で由利之丞は臆してしまい、仕方がなく三右衛門が談判したのだ。

「仕方ないよ。オイラは芝居者だもの。お役人の前なんかに出たら、震えが来ちまう」

「役に立たねぇのなら、八巻ノ旦那に言いつけて、江戸に追い返すぞ！」

「そりゃあ困るよ。まだ若旦那からご褒美《ほうび》を頂戴《ちようだい》していないんだ」

「ご褒美を頂戴するような働きを、いつ、手前ェがしやがった！」

三右衛門が拳骨を振り回しながら由利之丞を追い回す。由利之丞は身を翻《ひるがえ》して逃げ出した。

「大水《おおみず》だーッ！　来たぞーッ！」

物見《ものみ》櫓《やぐら》の梯子《はしご》の上で若い男が叫んだ。撞木《しゅもく》を握って力一杯に半鐘《はんしょう》を打ち鳴らし始める。急を告げる鐘の音が、両国《りょうごく》の広小路から江戸の下町に向けて響きわたった。

「急げ、野郎どもッ」

法被《はっぴ》姿に捩《ね》じり鉢巻《はちまき》も勇ましい中年男が、若い者たちを大勢引き連れて駆けつけてくる。一同を宰領《さいりょう》する顔役らしい。

顔役は、大川の川面《かわも》を見るなり、莨《たばこ》の脂《あぶら》で黄ばんだ歯を剝《む》き出しにして毒づいた。

「クソッ、もうこんなに水嵩《みずかさ》が上がっていやがる！」

両国橋の西の橋詰から見下ろせば、大川の川面で大波が荒れ狂う様がはっきりと見える。護岸の石垣の上端ギリギリまで水が押し上がってきて、今にも江戸の町中に溢れそうだ。

川の水は土砂を含んで黄変し、上流の村から押し流されてきた家屋の柱や丸太、壊れた川船なども、浮き沈みしている。

「このままじゃあ両国橋が押し流されちまう！　野郎どもッ、重石《おもし》を運ぶんだ！」

顔役が太い腕を振って指図《さしず》する。若い者たちが一斉に「へいっ」と答えて走り出した。

橋のたもとには、大きな丸石が山と積まれてあった。若い者たちは丸石の山に取りつくと、一抱えもある石を気合もろとも抱え上げ、肩に載せるなり橋に向かって力強く歩み出した。

大勢の若い者たちが、蟻《あり》のように列を作り橋に向かって進んでいく。

両国橋は増水した大川の流れをまともに受けて、ギシギシと不気味な音を立てて軋んでいる。石を担《かつ》いで歩む若い者たちも、橋の踏み板が撓《たわ》んで揺れるのをはっきりと感じた。

それればかりではない。川上から流されてきた材木や川船が橋脚《きょうきゃく》に勢い良く当たる。その凄《すさ》まじい衝撃が橋を揺るがす。両国橋は全長九十四間（約一七〇・八九メートル）、幅四間（七・二七メートル）の大橋梁《だいきょうりょう》であったが、それでもいつ、崩れてしまうか知れたものではなかった。

そんな不安定な橋の上を若い者たちが歩んで行く。橋の中ほどまで進むと、担いできた石を橋の上に下ろした。

下ろした者から順に、元の橋詰へと駆け戻る。そして再び石の山に取りつくと、別の石を担いで橋に戻った。

若い者たちは何度も往復を繰り返した。両国橋の上には次々と石が並べられていく。

石の荷重で両国橋はドッシリとした安定を取り戻した。濁流を受けた橋脚の揺れも、いくぶんかは収まった。

「やれやれ、ひとまずはこれで大丈夫《でえじょうぶ》だ」

若い者の一人が額《ひたい》に浮いた汗を腕で拭《ぬぐ》いながら言った。周りの若い者たちもホッと安堵《あんど》の顔つきだ。

橋は木材でできているので水に浮かぶ。川が増水すると橋全体が浮き上がり、さらに水の圧力がかかるので、巨大な橋も容易に根太《ねだ》から引っこ抜かれて、押し流されてしまうのだ。

橋の崩壊を防ぐためには、大水のたびに男たちが蟻のように群がって石を運んで、橋の上に載せていかねばならなかったのである。

両国橋の西と東には広小路があって、普段は見世物《みせもの》小屋や露天商たちが銭を稼いでいる。彼ら芸人や商人たちは、両国橋の維持と管理に奉仕する代わりに、広小路で銭を稼ぐことを許可されていた。水害の発生時には身体を張って橋を守る。そのことに誇りと命を賭ける男たちであったのだ。

橋は守り抜いたけれども、水嵩は上昇し続けている。ひときわ高い波が石垣を乗り越えて、ザザーッと広小路に流れてきた。

「くそっ、土俵《つちだわら》を並べろ！」

顔役の指図で、今度は広小路の端に土俵を並べ始める。いつ終わるとも知れぬ大水との格闘だ。

「急げ！　急げ！」

ちょうど上げ潮（満潮）の時刻である。海の水位そのものが高いので水が海に流れて行かない。結果として陸地に溢れるということになる。

川の水は大量の泥と砂を含んでいる。土俵を運ぶ男たちは足の裏を取られて難渋した。

皆で汗水垂らして、踝《くるぶし》まで泥に浸かりながら土俵を並べていたその時であった。

「こっちも出水だ！　助けてくれッ」

元柳橋《もとやなぎばし》のほうから町役人《ちょうやくにん》が走ってきた。

「薬研堀《やげんぼり》に大水が流れ込んできたんだよ！」

町役人は、町人の身分ながら、町奉行所の御役を請け負う〝見做《みな》し役人〟である。

「くそっ、掘割《ほりわり》の水まで溢れやがったか！」

若い者たちは顔色を変えた。

「塞いでも塞いでも、どっからでも水が寄せて来やがるッ。きりがねぇぜッ！」

遥《はる》か上流で堤が決壊して、水が武蔵国の低地に流れ込んだのだ。その水が武蔵国を巡り巡って、大川を溢れさせようとしている。

徳川幕府は北関東の水を東へ――香取《かとり》の海（霞ヶ浦《かすみがうら》）から銚子《ちょうし》方面へ――流すことで、江戸を水害から救ってきた。その治水術が一時的に崩壊して、江戸川や大川（隅田川）の増水を招いていたのだ。

「江戸じゅうが水の底に沈んじまうぞ！」

若い者の一人が絶叫した。

「公領の水没は四十六カ村に及び、多くの田畑が水に浸かり、植えられた稲が流されましてござる！」

「流亡した村落の百姓たちが救いを求めて、各地の代官所に押し寄せて来ているとのこと！」

声を張り上げて報告しているのは、勘定奉行勝手方を拝命した二人の大身《たいしん》旗本だ。配下の役人を現地に走らせて調べ上げた状況は、まことに惨憺《さんたん》たるありさまであった。

江戸城本丸の表御殿。評定所と呼ばれる広間には、幕府の高官たちが集められている。老中、若年寄、勘定奉行、寺社奉行、大目付、江戸町奉行などなど。勘定奉行二人の報告を受けて、皆、苦虫を嚙み潰したような顔をしていた。

関八州に広がる公領（徳川幕府の直轄領）を支配、管理しているのは、勘定奉行所である。勘定奉行の定員は四人で、そのうちの二人が勝手方として、公領の被災の手当てを拝命した。

時が経つにつれて甚大《じんだい》な被害の様子が江戸表に伝わってきて、勘定奉行所の一手のみではとてものこと、復旧はままならないとわかってきた。幕府の総力を上げて取り組まねばならぬ課題となったのだが、それゆえに一同の表情は暗い。

老中の定員は四人から五人で、月ごとに月番老中が定められ、当番の月に起こった出来事を担当する。また、老中の仕事の全体を監督するため、老中首座（筆頭老中）が置かれていた。

この月の月番老中は太田刑部大夫《おおたぎょうぶだゆう》であるが、この男は押し出しこそ立派に見える四十男だが、実際にはほとんど無能に近い。非常事態を目の前にして、ただひたすらにうろたえ、困惑している。

太田刑部大夫は、本多出雲守の引き立てによって出世した。出雲守の言うことならばなんでも「はい」「はい」と答えて同意するだけの役割を、この評定所で果たしてきた。要は、ただそれだけの男であった。

そもそも本多出雲守は、自分よりも頭の切れる男を老中に出世させたりはしない。取って代わられる心配があるからだ。

老中に就任できる大名は、譜代の小大名に限られているが、その資格のある大名は何十人といる。中には切れ者や才覚者もいるはずなのだが、そういった大名は、かえって出世を阻まれる。

　太田刑部大夫は本多出雲守が可愛がって老中に抜擢《ばつてき》した——というだけで、たいがいどんな男かは知れる。出雲守の顔色を常に窺《うかが》い、その手足となって、命じられるがままに動いてきた。そんなやり方で万事が上手く回っていたのが、この時期の徳川幕府なのである。

　ところが、肝心の本多出雲守が出仕差し止めを命じられてしまった。

　今回の水害は天災ではなく人災だ。本多出雲守の失政が招いた事態だ——という疑いを、将軍が抱いている。

　誰かに責任を負わせなければならない、という政治的な問題もあった。被災した公領の民の中には公儀を恨む者も出てくるだろう。また、全国の諸大名、ことに外様《とざま》大名には、「徳川家の治世は上手くいっていないのではあるまいか」との疑いを持って、よからぬ策謀《さくぼう》を始める者もいるかも知れない。

　将軍の名誉と信頼を回復するためにも、幕閣の中の誰かを悪者にして、その者に罪を負わせる必要がある。

　その生贄《いけにえ》に、老中首座の本多出雲守が選ばれつつあるのだ。

　と、かような推移で、出雲守は逼塞《ひつそく》させられている。評定所には出てこない。

　すると評定所には、本多出雲守が念入りに選んだ日和見《ひよりみ》主義者ばかりが顔を揃える結果となるわけで、喫緊《きっきん》の事態を前にして、一向に話が進まない。

となれば、老中以外の誰か切れ者が、この場を切り回すことになる。気鋭の若き若年寄、酒井信濃守《さかいしなののかみ》が、その大役を担うことになった。

「武蔵野の村々に流れ込んだ大水は、川下の江戸に向かって流れ、江戸の町のそこここで氾濫《はんらん》いたしておるようじゃな」

信濃守は、江戸町奉行所の二人に向かって鋭い眼光を向けた。

若年寄とは〝老中には若干足りない〟というような意味で、老中を補佐することを役目としている。信濃守も老中たちよりは、一段下座に座していた。それでも町奉行などよりは遥かに偉い。町奉行の二人は慌てて平伏した。今月は北町の月番である。北町奉行が畳に額を擦《こす》りつけんばかりにして、答えた。

「まことにもって面目《めんぼく》次第もございませぬ！　大水は高潮に乗って溢れ出し、下町はもちろんのこと、本所深川《ほんじょふかがわ》の一帯をも、水浸しにしているとのことにございまする！」

「こっ、この失態をなんとする！」

いきなり頓狂《とんきょう》な怒声を上げたのは太田刑部大夫だ。扇子《せんす》の先を北町奉行に突きつけて目を剝いている。今にも「腹を切れ」と言い出しそうな形相《ぎょうそう》だった。

太田刑部大夫は、一連の責任を誰かに押しつけようと焦っているのだ。もしも自分に押しつけられたりしたら、腹を切らねばならないので必死だ。

人は皆、出世を望むが、出世をしたらしたで、身に覚えのないことでも責任を負わねばならなくなる。〝偉い人〟というのも命懸けなのであった。

北町奉行は額から滴《しずく》のように冷や汗を流しつつ、ひたすらに低頭している。

「お待ちあれ」

落ち着いた声音で太田刑部大夫を制したのは、酒井信濃守であった。

「いかな名奉行とて、この出水には手の打ちようがござるまい。北町奉行の責めを問うのは道理に適《かな》わぬと申すもの」

それからチラリと冷たい眼差しを太田刑部大夫に向けて、

「もちろん、月番御老中である太田様の責めでもございませぬ。このような道理は、上様は当然に、お含みくださっておわします」

と続けた。

「お、おう……」

太田刑部大夫は浮かしかけた腰を下ろした。居心地悪そうに座り直しながら、

「上様が……。左様でござったか。いや、さすがは上様じゃ。お心が深い」

などときまり悪そうに言った。

酒井信濃守はあくまで冷ややかに太田刑部大夫を見つめている。

「上様におかれましては、太田刑部大夫様のお働きをも、嘉《よみ》しておられました。『こたびの災難、刑部大夫には難儀なことじゃ』と、お労《いたわ》りのお言葉を、お漏らしにございましたぞ」

「お、おう！　左様か！　有り難き幸せ……」

太田刑部大夫は、酒井信濃守を将軍本人であるかのように平伏した。上座から下座に向かって頭を下げる。なんとも異様な光景だった。

酒井家は譜代の名門で、信濃守は幼少の頃、小姓を兼ねた〝ご学友〟として将軍に仕えたことがあった。将軍とは個人的な友誼《ゆうぎ》で繋《つな》がっていて、ご学友ならではの遠慮のなさで口利《くちき》きをすることもできる。

この個人的な友誼が、なにより恐ろしい。うっかり信濃守を不快にさせて、悪口などを将軍の耳に吹き込まれたら大変だ。信濃守はこの一事をもってしても絶大な政治力を誇示していたのである。

しかも信濃守は、本多出雲守の失脚の後に、老中に出世すると目されていた。出雲守が失脚すれば老中の座がひとつ空く。そこに滑り込むのは酒井信濃守をおいて他にいない。

老中たちも、すぐに自分と同格になり、そしておそらくは筆頭老中となるであろう信濃守には遠慮があった。

とにもかくにも、この場を仕切って、かつ、未曾有《みぞう》の災害に対処するだけの才覚を持った者は、酒井信濃守しかいない。

「一刻も早く事態を収拾して、上様のお心を安んじなければなりませぬ」

信濃守がそう言うと、皆は、筆頭老中に対するように恭《うやうや》しく、低頭して見せたのであった。


「本当によろしいんですかい、旦那」

櫂《かい》を握った船頭が困惑しきった表情を客に向けた。

「見てくだせぇ、この大水を。こんな時に大川を舟で渡ろうなんてぇ物好きは、旦那の他にゃあおりやせんぜ」

「いいからやっておくれ。銭ならいくらでも弾むよ」

舟の真ん中に腰を下ろした旦那の後ろには、船頭よりも困惑顔の男が従っている。

「舟を出しておくんなさい。うちの旦那は、言い出したら聞かないお人だから」

「へ、へい」

船頭は捩り鉢巻を締め直した。

「こっちも十四の時から渡船稼業で銭を頂戴してるんだ。出水が恐いなんて言ってたら大川の船頭の名が廃《すた》る。……ですがね、旦那。川に落っこちたら命はございやせんよ？」

「落っこちなくたって、浅草の御蔵が駄目になったら命はない。さっさと出しておくれ」

江戸一番の札差にして両替商、おまけに業突張《ごうつくば》りの高利貸しでもある三国屋徳《とく》右衛門《えもん》に命じられて、船頭は渋々と舟を漕ぎ出した。

いきなり大波が押し寄せてきて舟は大きく傾いた。船頭はどうにかこうにか立て直すと、対岸を目指した。

「こんな命知らずな客は旦那が初めて……じゃ、ねぇや。以前にも、大水の日に大枚《たいまい》を握らされて、舟を出したことがあったっけ。もっともあん時ゃあ、行き先は浅草御蔵じゃなくて、吉原《よしわら》だったけどねぇ」

「何をゴチャゴチャと言ってるんだい。しっかり漕ぎなさい」

「へいへい」

船頭は腰を入れて舟を漕ぎ、徳右衛門は苦々しい顔つきで対岸を睨《にら》みつけた。

「大旦那様……」

徳右衛門のお供として侍《はべ》る、手代の喜七《きしち》が後ろから声を掛ける。

「この大水はどうにもいけませんよ」

徳右衛門は首をよじって喜七を睨みつけた。

「なんだい、お前まで舟を返せって言うのかい。今は三国屋の正念場だよ！　御蔵の年貢米が水に浸かっちまったら、店仕舞《みせじま》いだけじゃあすまない。膨大な借金が残ってしまう」

札差は年貢米を預かって銭に換金するのが仕事だ。徳川幕府から預かった米が駄目になったら、弁済額は三国屋の金蔵に積んである千両箱を全部払っても足りない。

「それは心得ておりますがね、……手前が言いたいのは、そういうことじゃなくって、大水が引かないことがまずい、と、そういうことなのでございます」

「何が言いたいんだ」

「水が引かないってことは、川上の堤の修繕が進んでいない、ということでございましょう？　お上のなさることにしては、手ぬるい仕事ぶりだとは思いませんかね」

「だから、何が言いたいんだ」

喜七は、茫洋《ぼうよう》とした顔つきの三十男だが、見た目の印象とは裏腹に、頭の働きがしっかりしている。

「どなたかは存じあげませんが、堤の修繕の足を引っ張っていなさるのではないですかね？　この出水を長引かせようと思って」

「なんのために」

そう言いかけて、徳右衛門は「むむっ」と唸った。

「……ありえない話ではないね」

「でしょう？　この一件を本多出雲守様の手落ちだと言い立てていなさるお偉い様方は、出水が長引けば長引くほどに、出雲守様の追い落としがしやすくなる。と、お考えのはずですからねぇ」

「そうはさせないよ」

徳右衛門は、キッと表情を引き締めた。

「出雲守様と三国屋は一蓮托生《いちれんたくしょう》だ。このあたしの目が黒いうちは、出雲守様を籠居《ろうきょ》させるような真似は許さないよ」

「許さない、と言っても、ご老中様の隠居は、上様がお決めなさることでございますからねぇ」

「なにか言ったかい」

「いいえ、なにも」

本多出雲守は老中首座。そして三国屋は出雲守の御用商人で、出雲守に多額の献金をすることで様々な恩恵や利権に与《あずか》っている。出雲守の罷免《ひめん》は即、三国屋の廃業に直結するのだ。

「ともかくも、あらゆる手を打ち続けなければならないよ」

だからこそこうして、大水を押して浅草御蔵まで巡見に行こうというのだ。

この危機的状況にあってなお、徳右衛門の闘志と商魂は、衰えることがなかった。

三

大川の出水は江戸の下町一帯を襲おうとしていたが、大名や大身旗本の屋敷は概《おお》ね高台に建てられてあって、今のところはまだ、水害に恐れおののくことはなかった。空には初夏の青空が広がり、太陽が眩《まぶ》しく輝いている。およそ大水など、想像しがたいほどの好天であった。

陽差しに炙《あぶ》られた道には濃い陽炎《かげろう》が立っている。一面の景色が揺らめく中を、一丁の権門駕籠《けんもんかご》が坂道を上って来た。

権門駕籠は、大名家の家老などが使用する。駕籠には、使用する人の身分によって細かく格式と仕様が定められている。ある一定以上に高貴な駕籠になると、名称も〝乗物〟に変わるのだ。

権門駕籠は潮見坂《しおみざか》を上って霞ヶ関《かすみがせき》に向かった。目指す先には幕府の若年寄、酒井信濃守の下屋敷があった。

権門駕籠は酒井信濃守屋敷の門をくぐる。門扉《もんぴ》は重々しい音を立てて閉じられた。

権門駕籠から降り立ったのは、法体《ほったい》で、頭を丸めた老人であった。歳は六十代の半ばほどであろうか。眼光は鋭く、顔の皮膚もテラテラと脂ぎっている。年相応にはとても見えない、精気の溢れる姿だ。

酒井家の屋敷に仕える家士が恭しく出迎えた。

「ご隠居様には、よくぞお渡りくださいました。我が主、信濃守に成り代わりまして、御礼を申し上げまする」

家士の丁寧な挨拶《あいさつ》に、法体の老人は尊大に頷《うなず》き返して答えた。

酒井信濃守は幕府の若年寄である。その家来に対しても、それなりの遠慮が必要であるはずなのだが、この老人はよほどに権高《けんだか》で、自尊心の高い性格であるようだ。

権門駕籠に乗っては来たが、老人の物腰や態度は大大名のものであった。つまりは微行《おしのび》で、人目を憚《はばか》りながら、訪れたのだと知れた。

家士は遜《へりくだ》った態度で、館の玄関まで案内する。

屋敷に上がった老人は、まるで我が家のような堂々たる足取りで畳廊下を渡り、表御殿の書院に向かった。

書院は主に、来客と主の対面のために使われる。

酒井信濃守は窓を開けて、遠くに広がる初夏の海を見ていた。

潮見坂の上からは、その名のとおりに海が望めた。

酒井信濃守の中屋敷は浅草橋にあって、浸水の危機に晒されている。そこで霞ヶ関にある下屋敷に避難していたのだ。

下屋敷は、上屋敷や中屋敷の予備であり、普段は物置として使われている。江戸の外れにあることが多い。逆にいえば、密談をするのにうってつけなのだ。

誰かが足袋《たび》の裏を滑らせて、濡れ縁を渡ってくる音が聞こえた。

その者は座敷の前で膝をついた。障子に影が映っている。

「薩摩《さつま》の御隠居様がお越しになりました。書院にお通りをいただいております」

信濃守は「うむ」と答えると、障子を開けて、書院に通じる廊下へと出た。

酒井信濃守に睨みつけるような目を向けながら、法体の老人が挨拶を寄越《よこ》してきた。

「ご一瞥《いちべつ》以来でござるな、信濃守殿」

極めて険悪で憎々しげな面相だが、別段、信濃守に恨みがあるわけではない。殺意をいだいているわけでもない。有り余る覇気《はき》が面相に噴き出ているだけなのだ——ということを、信濃守は知っていた。

信濃守は余裕の笑みを浮かべつつ、頷き返した。こちらも相手を侮辱《ぶじょく》する意志はないのだが、なにやら小馬鹿にしているかのような薄笑いである。

「道舶《どうはく》殿も、ますますご壮健にて、なによりのことと存ずる」

この隠居は出家して道舶の号を名乗っている。

「なにやら顔を合わせるたびに若返っておられるご様子」

「益体《やくたい》もない戯《ざ》れ言《ごと》」

薩摩、つまり島津《しまづ》家の隠居、道舶老人は、今度は本心から不快そうな顔をした。

「戯れ言を申したつもりはござらぬが」

信濃守は冷笑を浮かべたまま、否定した。

「それがし、若輩にござれば、何かと物言いを軽く見られるのでござろうかな」

互いに悪態をつきあっているようにしか見えないのだが、薩摩の隠居はわざわざ喧嘩《けんか》を売るために、訪ねてきたわけではない。

「本多出雲守の処遇だが、その後、いかに」

いきなり話を変えると、斬りつけるようにして質してきた。

信濃守はもったいをつけるように間を置いてから、答えた。

「上様のご機嫌は斜めにござる。間もなく隠居の御沙汰が下されよう」

それは実質的な罷免、失脚を意味している。

「上様は、出雲守殿が政《まつりごと》を壟断《ろうだん》する、ただ今の柳営《りゅうえい》を、快《こころよ》く思うておわさぬ。上様もまた、期を見て出雲守に鉄槌《てっつい》を下してくれようと、お考えになっておわしたのだ」

薩摩の隠居は「フン」と鼻を鳴らして、下唇を突き出しつつ、斜め上など見上げた。理解の及ばぬ事柄を理解しようと、努めて思案している時の顔つきであるらしい。

「御老中といえども上様にとっては家来の一人に違いなかろうに。気に食わないのなら、なにゆえご処断なされぬ。わしならば気に食わぬ家来には即刻、切腹を命じておるわ」

たちの悪い冗談なのか、と信濃守は思ったが、顔つきを見るに、本気で言っているらしい。

まったくとんでもない大名がいたものだ。家臣は先祖伝来の預かりものだ。将軍家であれば、本多出雲守家は、初代将軍の徳川家康《いえやす》が子孫に残してくれた家宝である——というふうに考えるのが道理だ。子孫である現将軍の一存で譜代の家臣を殺したりしたら家康様に申し訳が立たないのである。

しかも天下の老中に切腹を命じたとなれば、将軍家の面目は丸潰れだ。将軍という鼎《かなえ》の軽重《けいちょう》を問われる。公儀はいったい何をやっているのだ、と、百姓町人からも馬鹿にされてしまうだろう。

（この老人にさっさと隠居を命じた出雲守殿は慧眼《けいがん》であったな）

信濃守は腹の中でそう断じた。

こんな性格だから隠居を命じられたのだが、自分に非があったとは思っていない道船は、ひたすら、出雲守を恨んでいる。怒りの収まらぬ様子で、出雲守に対する悪罵《あくば》を吐き散らした。

「出雲守めは、このわしと上様の仲を裂くために讒言《ざんげん》を……。ええい、思い出すだけで忌《い》ま忌《い》ましい！　八つ裂きにしても飽き足りぬ！　八つ裂きにした肉を肥《こえ》壺《つぼ》に投げ込んで糞《くそ》まみれにして蛆虫《うじむし》に食わせてやりたいわ！」

聞くに堪えない罵《ば》詈《り》雑言《ぞうごん》だ。信濃守はいささか辟易《へきえき》としてきた。

（隠居を命じられたは、十年も昔の話であるのに、いつまでも執念深い）

まだ若い信濃守にとっての十年は大昔だ。老人にとっての十年が、つい最近のことだとは思っていない。

（だが、今はこの隠居の力が必要なのだ）

本多出雲守の息の根を止めるためには、道舶の憎しみを利用するに限る。さらに言えば、自分が次の筆頭老中に就くためにも、この老人の持つ金の力が必要なのだ。

「しかして道舶殿。出雲守を追い落とすための元手《もとで》だが——」

信濃守が言いかけると、老人はジロリと鋭い眼光を向けてきた。

「わしが溜《た》め込んだ金子をあてにしておられるのか」

「あてにしておる」

「ぬけぬけと金の無心か」

「よろしいかな、道舶殿。出雲守の権勢の源は金の力にござる。出雲守は江戸の札差の大物、三国屋徳右衛門を従えておる。三国屋からの多額の賂《まいない》を、上様や大奥、諸役人にばら撒《ま》いて、その心を取っておる。出雲守を凌駕《りようが》するためには、こちらもまた、大金を要路に撒かねばならぬ。さもなくば、あの妖怪はしぶとく息を吹き返してしまう」

道舶老人は顔をしかめた。

「公儀には御用金があろう。御用金はどうなったのだ」

信濃守は黙して答えない。老人は続ける。

「御用金を使って貴公が公領の騒擾《そうじょう》を取り静める。出雲守でも鎮め得なかった騒擾だ。かくして貴公は、上様のご信任と諸人《もろびと》の尊敬を一身に受け、一挙に柳営の権を握る——かような策でござったな？」

信濃守は渋い顔つきで頷いた。

「いかにも」

「ならば、その金子はどうなった。なにゆえいつまでも堤は修復されず、江戸に大水が押し寄せて参るのだ？　これでは上様も諸人も『やはり出雲守がおらねばどうにもならぬ』と言い出しかねぬ。出雲守の出馬を期する声などが巻き起ころうものなら、これまでの苦労が水の泡だ」

「わかっておる」

「ならば、なにゆえ手をこまねいておられる」

「わからぬのだ」

信濃守は吐き捨てるようにして、言った。老人は首を傾《かし》げた。

「わからぬ、とは？」

「堤を修築し、公領の村々や宿場を元に復すための金子は、すでに公領に送ってある。ところがいっかな、公領の回復の報《しら》せが入らぬ」

「公領の役人たちは何をしておるのだ。まさか、金子を私し、遊び呆《ほう》けておるのではあるまいな」

「この大事に当たって、そこまで私腹を肥やすことのできる役人などおらぬ」

どれほど腐敗堕落しきった役人がいたとしても、大水が溢れた田畑を目にすれば、血相を変えて修復に当たる。堤がさらに崩れれば、自分の身体も流されかねないのだから当然だ。

「命を捨ててまで堕落に徹することができるほどには、江戸の役人は肝が太くない」

酒井信濃守は、そう言い切った。

四

「さあ皆の衆〜、飲めや歌えや〜」

素《す》っ頓狂《とんきょう》な男の明るい声が響きわたった。

一面が湖沼のようになった平野。初夏の陽差しが燦々《さんさん》と降り注ぎ、水面《みなも》の小波《さざなみ》はキラキラと眩しく輝いている。

空は青く澄み、真っ白な雲が浮いている。山々の木々の緑も鮮やかだ。見ているだけでも心が洗われそうな光景である。ただ一つ、水面の下に、村と田畑が沈んでいる、という一事を除けば、であるが。

関東の低地では、道は高く盛り土がされた上に作られている。まるで湖水の中の堤防のように長く延びている。つまりはそれほど頻繁《ひんぱん》に水害に晒されてきた、ということでもある。

水没を免れた道や塚などに立った百姓たちが、ぼんやりとした顔つきで一面の水を眺めている。

百姓たちにすれば、どこから手をつけていいのかわからない。自然と水が引いてくれるのを待つしかない。

そんなところへよりいっそう浮世離れした集団が、鐘《かね》や小鼓《こつづみ》を叩き、歌い騒ぎながらやって来たのだ。先頭に立つのは、色白でほっそりとした優男《やさおとこ》。農村では決して見かけぬ風姿である。

役者よりも美しい貌《かお》を微笑《ほほえ》ませ、手足を振り上げ、細身の身体をクネクネと、小粋なんだか気色悪いんだか判断に困る仕種《しぐさ》でくねらせている。

陽気な調べに百姓たちも浮かれだす。なぜかは知らぬが、非日常というものには、妙に心を浮き立たせる効用がある。

百姓たちは「こんな時には踊ってでもいなければ、やってられない」という捨て鉢な気持ちが半分、もう半分は何かに憑《つ》かれたような心地《ここち》で、踊りの列に加わった。

「それ〜、それ〜、楽しや楽しや」

先頭の男はクルクルと舞いながら進む。踊りの一団は道々の百姓たちを集めて、どんどん人数を増やしていく。手に手に鍋や茶碗を持って、男に合わせて打ち鳴らした。

一行は疲れも知らずに踊りながら進んでいく。彼方《かなた》に大きな寺の本堂が見えてきた。

「それーッ、押しかけ参りにございますよ！」

男が寺の山門に飛び込んだ。門は黒門。墨《すみ》を混ぜた漆《うるし》の塗料で真っ黒に塗られている。寺院では黒門がいちばん格式が高い。門跡《もんぜき》寺院のみが許される格式であった。

見ただけで目が潰れるほどに偉い門の中に、踊りの集団が次々と飛び込んでいく。

参道を進んで本堂の前に出る。本堂の扉は開かれていて、本尊の阿弥陀如来《あみだにょらい》仏像が、金箔《きんぱく》の光り輝く有り難《あ がた》いお姿を覗《のぞ》かせていた。

本堂の前には庭園が作られている。色鯉《いろごい》の泳ぐ池や、池にかかった橋や、手入れの行き届いた築山《つきやま》が、阿弥陀如来の浄土そのものを模していた。

家屋や田畑を流されて、絶望の淵に立たされていた百姓たちにとってみれば、本物の極楽浄土が目の前に現出した心地であったろう。歓声を上げると我勝ちに庭園に踏み込んで、勝手な流儀で踊りだした。


「お、おい……！　卯之《うの》さん、これはまずいぜ！」

寺社奉行所の大検使、庄田朔太郎が、踊り回る卯之吉《うのきち》の袖《そで》を摑《つか》んで引いた。

「はい？　なんですかね」

卯之吉は楽しくて楽しくて仕方がない、と言わんばかりの顔を向けた。しかも手足はクネクネと踊らせたままだ。

「なんですかね、じゃねぇ！」

朔太郎は卯之吉の分まで焦っている。

「ここをどこだと思っていやがる！　おそれ多くも徳川将軍家御位牌所《ごいはいじょ》、徳川山《とくせんざん》満徳寺様の境内《けいだい》だぞ！」

この地の地名は徳川郷。徳川一族発祥の地である。歴代将軍の位牌を守り、その名も徳川山の山号を名乗るこの寺は、徳川家にとっては聖地に等しい。

「勝手に踏み込んだりしたら、命がいくつあっても足りやしねぇぞ！」

庄田朔太郎は、江戸の吉原では身分を隠し〝遊び人の朔太郎さん〟で通しているけれども、寺社奉行所の役人である。

「俺はお前《め》ぇさんのように遊びに夢中にはなれねぇし、手前ぇの命も賭けられねぇ」

「まぁ、そう仰《おつしや》らずに楽しみましょう。それ〜歌え歌え〜」

「だから、ちょっと待てというのに」

朔太郎はグイッと顔を寄せてきて、小声で捲《まく》し立てた。

「お前ぇさんは遊び人である前に、南町奉行所の隠密廻同心だろうが！」

「ええ。左様です。町奉行所のお役人様は江戸の町からは出られないのが御定法。でもね、隠密廻同心様だけは、悪党を追ってどこまでも旅することができるのですねぇ」

自分に「様」をつけるのも妙な話だが、卯之吉はいまだに自分が役人なのだという自覚がない。

「だからよ、役人が手前ぇから百姓を指図して、将軍家御位牌所に雪崩込《なだれこ》んだらまずいだろ、って話だよ！　下手すりゃ一揆《いっき》の首謀だと決めつけられるぜ！」

「しかしですねぇ。あちらをご覧なさいよ。和尚《おしょう》様も喜んでご見物なさってますよ」

本堂脇の板戸が少し開けられて、美貌の尼僧《にそう》が顔を出していた。何やら、心浮き立つような面持《おもも》ちで、今にも踊りの輪に加わってきそうだ。

この寺の住職の梅白尼《ばいはくに》である。御位牌所などを預かって、さも高僧であるかのような顔をしているが、元は大奥で上様を相手に中﨟《ちゅうろう》を務めた女人《にょにん》だ。

大奥に仕える女人は、ある一定以上の高位になると一生奉公となる。解雇はされない。さりとて古株の奥女中（〝女中〟は〝女〟の敬称）を大奥で養い続けていたら、大奥がパンクしてしまう。そこで、徳川家に関わる寺などに、尼僧として送り出される。

将軍家御位牌所の尼僧といえば聞こえも良いし、身分も高い。しかしやはり籠《かご》の鳥であって、退屈そのものの生活だ。しかも大奥中﨟は、元は江戸の町娘。美貌を買われて大奥に送り込まれた娘に過ぎない。

梅白尼も元はお転婆《てんば》な町娘であって、江戸っ子らしく、享楽的なことが大好きであるらしかった。卯之吉が催《もよお》した祭り囃子《ばやし》に、すっかり酔いしれている様子であった。

「それにですねぇ」

卯之吉は続ける。

「満徳寺様のご宗旨《しゅうし》は時宗《じしゅう》にございましょう。時宗は踊り念仏で知られた遊行《ゆぎょう》の宗派でございますよ。踊る阿呆《あほう》の押しかけは、宗旨に叶《かな》うのでございますよ」

卯之吉は手にしていた鍋の底をカンカンと叩いた。

「南無阿弥陀仏～、南無阿弥陀仏～」

卯之吉に合わせて百姓たちが、「南無阿弥陀仏、南無阿弥陀仏」と念仏を唱えながら踊る。ところがまったく辛気《しんき》臭くはない。あくまでも陽気な踊り念仏である。

そこへ、銀八《ぎんぱち》が、捩り鉢巻でやって来た。

「皆様、炊き出しのご飯が炊けましてございますよ」

銀八、それと美鈴《みすず》は、満徳寺の台所で炊飯に当たっていたのだ。

卯之吉は「ああ、それはいい！」と叫んだ。

「上様からのお見舞いにございますよ～！　さぁ皆さん、頂戴しましょう！　ご飯を食べたら、また、踊りにございますよ〜」

　朔太郎は再び焦った。

「ちょ、卯之さん！　勝手に仕切るんじゃねえ！」

「ええ？」

　卯之吉はすっかり酔いしれた顔つきで、首を傾げた。

「なにを仰っているんですかねぇ、朔太郎さん。お上が江戸からお送りくださった小判を食べ物に換えて、みんなで食っちまおうって算段ですがね」

「その銭は、堤を修築して、村を立て直すための御用金じゃねぇか！」

「水がもっと引くまでは、人足《にんそく》を入れるのも無理でございますよ。それよりも今は皆の衆の腹を満たすことが大事です。皆さんお腹を空《す》かせていますからねぇ」

　謡《うた》って踊って腹一杯に飯を食う。朔太郎の目には蕩尽《とうじん》しているようにしか見えない。卯之吉はしれっとした顔つきで、

「あたしはね、お金はあればあるだけ綺麗《きれい》に使っちまう性分なんでございますよ」

「お前ぇの金じゃねぇ！　お上の金だぞ！」

　朔太郎は怒鳴ったが、卯之吉はまったく聞いていない。

「梅白尼様から、満徳寺様宛の金子はあたしに裁量を任せるというお言葉を頂戴しておりますから、ご心配なく」

よもや南町奉行所の隠密廻同心が、どんちゃん騒ぎに大金を使うとは思っていないから任せたのである。

「なんてことをしやがった！」

これは背任行為だ。勘定奉行所の役人に検められたら、卯之吉の切腹だけではすまない。

「町奉行の進退にかかわるぜ！」

朔太郎は顔面《がんめん》を蒼白《そうはく》にさせた。

一方、その頃、江戸の酒井信濃守の屋敷では――。

「ここまで水が引かぬのは、これまでに一度もなかったこと。公領で何が起こっているのか、今一度確かめたほうがよろしくはござるまいかな」

薩摩の隠居、道舶老人が眼光鋭く、信濃守を凝視《ぎようし》しながら言った。

「いかにも……」

信濃守は何かを言いかけてから、難しい顔をして俯《うつむ》いた。

「いかがなされた。なんぞ気に病まれることでもござるのか」

「気にかかっておることなら、ないでもござらぬ」

「何事でござろうな、その歯に物の挟《はさ》まったような物言いは。何を気に病んでおられる」

信濃守は道舶に顔を向けた。

「南町奉行所の、八巻なる同心のことにござる」

「町方同心じゃと？」

道舶は露骨に不可解そうな顔をした。

「唐突《とうとつ》になんの話でござろうな。このわしが耄碌《もうろく》したせいか、信濃守殿が何を言い出したのか、さっぱりわからぬ」

言外に「こんな話をするお前は阿呆じゃないのか」と言わんばかりの口調と顔つきだ。

しかし信濃守は真面目《まじめ》そのものである。

「わしとてこのような馬鹿げた話、信じ難いのだが、その南町の八巻なる同心、軽輩者にありながら、本多出雲守の懐刀《ふところがたな》」

「なんじゃと？」

「まず第一に剣の腕が恐ろしく立つ。江戸でも五指に数えられようかという剣豪だ」

「ほう。江戸には諸国の大名がお国自慢の剣術指南役を引き連れて参勤交代にやって参る。三百諸侯の剣術指南役を差し置いて五本の指とは。町方同心の分際で憎き高名《こうめい》でござるな」

江戸で暮らす大名とその家中で、江戸町奉行所の役人を快く思っている者などいない。軽輩者でありながら、徳川将軍家の威光《いこう》を笠に着て、大名家に対しても何かと掣肘《せいちゅう》を加えてくるからだ。道舶が「憎い」と言ったのには、そういう感情が籠められている。

「まことに小面《こづら》憎き男」

酒井信濃守も同意した。

「剣の腕が立つばかりではない。頭のほうも良く切れる。数々の悪党を捕縛して、その評判は鰻登《うなぎのぼ》り、南北町奉行所一の辣腕《らつわん》だと、町人どもは口々に申しておる」

「話だけ聞けば、まことに結構な同心だが、その者が、出雲守の意に従っておるというのが厄介《やっかい》だな」

「左様。此度《こたび》の騒擾にあたって出雲守は、南町奉行に命じて、八巻を公領に送ったのだ。聞けば八巻は、八面六臂《はちめんろっぴ》の活躍で、不逞《ふてい》の信徒どもを取り締まると同時に、裏で暗躍していた悪党を一網打尽《いちもうだじん》に討ち取ったという」

裏で暗躍していた悪党とは、上方《かみがた》の悪党の元締、天満屋《てんまや》のことである。酒井信濃守は天満屋ノ元締と手を組んで、出雲守と八巻の打倒を謀《はか》った。

しかし公領を巻き込んだ悪事は中途半端に挫折《ざせつ》して、天満屋はそれきり姿を見せない。

（八巻の手にかかったのに相違ない）

信濃守は、そう確信していた。

もちろん、悪党の首魁《しゅかい》と手を組んだことなど、誰にも知られてはならないし、漏らしてもいない。

（八巻がどれほどの探りを入れ、何を知り得たか、そこが肝要《かんよう》だな）

信濃守は道舶に目を向けた。

「八巻は、早急に討ち取らねばならぬと考えておる」

道舶も頷いた。

「いかにも、我らの障《さわ》りとなるやも知れぬな」

そこへ、足音が近づいてきて、廊下で家士が平伏した。

「いかがした」

信濃守が質すと、家士は顔を上げて、

「公領に放ちし者より、報せが届きましてございまする」

と告げた。

信濃守は道舶に詫《わ》びていったん中座し、報告を聞くとすぐに書院に戻った。

「勘定奉行所が公領に運んだ御用金の行方についてでござった」

道舶はとぼけた様子で首を傾げた。

「わしに聞かせても良い話なのか」

「是非ともお聞き願おう。堤の修繕のために送られた御用金は、八巻が押さえた、とのこと」

道舶は（わけがわからぬ）という顔をした。

「なにゆえ町方同心風情《ふぜい》が、お上の公金を左右できるのじゃな」

「無論のこと、出雲守の意を受けてのことであろう」

「わからぬ。いかに筆頭老中の懐刀とはいえ、町方同心は町方同心」

「八巻には、三国屋が後ろ楯についておるのだ。札差は公領の年貢米を銭に換えるのが仕事。それゆえ公領の代官や百姓にも顔が利く」

「なるほど。筆頭老中と江戸一番の札差が、辣腕同心を使っての悪行三昧《ざんまい》、という筋書きじゃな」

「いかにも左様だ」

「思いも寄らず、手強《てごわ》い敵の姿が浮かび上がってきたわい」

道舶は腕組みをして考え込んだ。凶暴そうな面相が、ますますおぞましく歪《ゆが》んでいく。

「八巻はわしが始末いたそうか」

「なれど道舶殿。八巻はこれまでにも数々の難敵を退けてまいった。生半《なまなか》なことで倒せる相手ではござらぬ」

「なんの。我らには薩摩示現流《じげんりゅう》がござる」

道舶は自信ありげにニヤリと笑うと、大きく頷いた。

「八巻はこのわしが引き受けた。信濃守殿は、出雲守の追い落としを願おうか。ならばこれにて御免」

道舶は法衣の裾を払って立ち上がると、大股の行歩《ぎょうぶ》で書院から出ていった。

五

中山道を二人の壮士が歩んでいく。

「涼《すず》しか陽気でごわすな」

ひときわ大柄な男が言った。

初夏の陽差しが眩しいほどに照りつけている。つい先日まで長雨の降り続いていた街道は、蒸し器の中のような濃密な陽炎を立ち上らせている。街道を走って行き交う飛脚《ひきやく》たちは総身《そうみ》が汗で濡れていた。

四ツ半（午前十一時ごろ）を過ぎて暑さはますます増してくる。

しかし大男は嘘をついたわけでも冗談を言ったわけでもなかった。

「東国ン夏は、寒か」

襟《えり》をかき寄せる仕種までした。

余程《よほど》の寒がりであるらしいが、その体躯《たいく》は堂々として立派である。身の丈は六尺（一八〇センチ）を優に超えて、首も太く、胸板も厚く、腰回りもどっしりと肉付きが良い。頭骨も大きく、頬骨《ほおぼね》と顎《あご》が頑丈《がんじょう》そうだ。疱瘡《ほうそう》の瘢痕《はんこん》が薄く残った顔は、真っ黒に日焼けをしていた。

袴《はかま》の帯には無骨な刀を差している。万事が華奢《きゃしゃ》で、流麗なことを粋とする江戸の流行《はや》りにはまったくそぐわない。

冬でも暑苦しそうな体型なのに「涼しい涼しい」と連発しているのは、この侍が南国育ちだからである。真冬でも雪など滅多《めった》に降らぬ、蘇鉄《そてつ》の林立した薩摩の生まれであったのだ。

「どげん寒いちゅてんそげんおらんだちよ。ぐでごついうな」

もう一人の武士にも強烈な薩摩の訛《なま》りがあった。二人が喋《しゃべ》っている言葉は、道行く旅人にはまったく意味が聞き取れない。

もう一人の武士は、身の丈五尺三寸（約一六〇センチ）ほどで、ずいぶんと小柄に見えるが、この頃の平均身長からすれば背の高いほうで、筋肉質の良く鍛えられた体つきであった。隣の大男が大きすぎるのである。

やはり顔は真っ黒に日焼けしている。腰には身幅の厚い長刀を差していた。

参勤交代で田舎から旅をしてくる武士は、例外なく真っ黒に日焼けしている。もちろん笠をかぶってはいるが、地面からの照り返しだけで日焼けする。江戸っ子や、徳川直参《じきさん》の旗本、御家人たちと見比べれば、田舎侍だとすぐにわかる。

この二人の田舎侍たちは、まったく田舎者ぶりを隠す様子もなく、茫漠《ぼうばく》たる関

東平野を見渡しては、

「こげん広か野は初めて見ると」

などと大声で賛嘆《さんたん》していた。

二人はどこまでも陽気に、大手を振って歩いていく。

時々茶店や宿場にある飯屋を覗くが、茶の一杯、団子一串を頼むことすら難儀した。まったく言葉が通じない。中山道の宿場の者は、信濃や近江《おうみ》、越後越中《えちごえっちゅう》などの方言には慣れているし、喋ることもできるが、薩摩弁となるとお手上げであった。

関八州で暮らす人々からすれば、薩摩の人は外国人も同然である。薩摩の人々にとっても江戸の近郊は遥か彼方にある土地だ。実際、琉球《りゅうきゅう》や朝鮮《ちょうせん》、明国《みんこく》（清国《しんこく》）のほうが遥かに身近だ。

「東海道んごつはゆかんとじゃ」

侍二人も困り顔だが、しょせん人と人との会話であるので、身振り手振りで意思が通じて、二人は無事、昼飯にありつくことができた。

中山道も日光《にっこう》街道も、江戸を離れると覿面《てきめん》、食事が貧しくなる。関八州は江戸の贅沢《ぜいたく》な暮しを支えるために存在している。産物は残らず江戸に送られる。江戸の余り物が送り返されてきて、それにありついて暮らしている。しかも食料の保存といえば、塩漬けか酢漬けしかない時代だ。魚は塩漬け、野菜も漬け物にされている。塩をおかずにして米を食っているようなものだった。

それでも薩摩の侍二人は、満足そうに食し終えた。

「大根も芋も入ってなか白米ば食ったは久方ぶりとじゃ。がっついうんめぇ」

大男はそう言って、満足そうに腹を撫《な》でた。

薩摩国は火山灰土で米が良く取れない。貧しい者たちの主食は芋。芋ですら、まだましなほうで、大根を齧《かじ》って飢えを凌《しの》ぐ者もいた。

「これで豚肉があれば、文句はなかとじゃが」

米が取れないので肉を食う。二人とも肉は大好物であったのだが、こればかりは、江戸ではなかなかに手に入れることが難しかった。食肉の文化がなかったからだ。

「どら、うたったんなら陽が暮れゆっど」

小さいほうの武士が、いつまでも食い足りなさそうな大男を促した。『のんびりしていると日が暮れる。そろそろ発《た》とう』ということになって、二人は腰を上げた。銭を払って表道に出る。

「こげん機嫌よく銭ば使えるとなら、御用拝命もよかものじゃ」

大男は笠を被り直すと、上機嫌で歩きだした。

ゆるゆると歩んでいるようでも、二人の脚は長いし速い。みるみるうちに旅程を稼いで熊谷宿《くまがや》に入った。

「篠ノ原《ささのはら》さぁ、ないごてか騒がしかぞ」

大男が宿場の騒ぎに気づいた。〝さぁ〟とは〝さん＝様〟のことであり、目上の者につける敬称だ。同輩や目下の者にたいしては〝どん＝殿〟をつけて呼ぶ。

「大変だァ！　籠《こも》り者だぁ！」

宿場の問屋《といや》の若い者が、大声を上げながら走っているのが見えた。

「川ノ村《かわのむら》どん、曲者《くせもの》らしかぞ」

「おう。そげんこつある」

籠り者とは人質を取って立て籠もる曲者をいう。いつの時代でも厄介な犯罪だ。

「宿場ン役人が若二才《わかにせ》ば連れて来よったとじゃ。どら、見物していかんね」

白鉢巻きにたすき掛けをした役人が、ヤクザ者らしい若い衆を従えて駆けつけてきた。ヤクザ者たちはこの宿場にはびこる侠客で、こうした非常時の治安維持活動に従事することと引き換えに、存在を黙認されている。

「威勢がよかぞ。面白《おもしろ》か」

大男は手を叩いている。

「川ノ村どん。喜んではおられん。質にされとるのは子供でごわんど」

篠ノ原は子供の泣き声に気づいた。

役人とヤクザ者たちは、街道に面した一軒の旅籠《はたご》の前に立った。

「痴《し》れ者め！　もう逃れることはできぬぞ！　大人しく出て参れ！」

役人が叫んでいる。大男の川ノ村はいかつい顔をしかめて首を傾げた。

「大人しく出てこいば言われても、出てくるわけがなかぞ」

旅籠の二階の窓から、箱枕だの莨盆《たばこぼん》だのが投げつけられてきた。役人とヤクザ者は両腕で顔を庇《かば》いながら下がった。

「誰も近寄るんじゃねえ！　近寄ったら、餓鬼《がき》を殺すぞ！」

籠り者の罵声《ばせい》が聞こえる。役人とヤクザ者はいったん後退して、物陰に隠れた。

「さぁて、オイたちは、どげんするが良かとか」

川ノ村は太い腕を組んだ。篠ノ原も困惑しきりだ。

「捕《と》り方《かた》と野次馬《やじうま》が集まってきたとじゃ。宿場を通ることはできん」

道は完全に塞がっている。

脇道を進めば良いのだが、旅人が街道を外れると面倒なことになる。公領は徳川家の領地だ。外様大名の家来が無断でうろついたりしたら、隠密だと決めつけられて捕縛されることもある。

これは大名家の領地でも同じことだ。徳川家の武士が街道を外れて畦道《あぜみち》や山道に踏み込んだなら、公儀隠密だと決めつけられる。定められた街道以外の道を通ることは極めて危険なのだ。

「篠ノ原さぁ、ご隠居様には『急いで行け』と命じられてごわす。面倒なことになりもした」

「いかにもじゃ」

二人はともかく、成り行きを見守ることにした。

籠り者は「銭を寄こせ」だの「捕り方を下がらせろ」だのと、好き勝手な要求をしている。

そのたびにヤクザ者たちは、二、三歩後ずさりをしたり、再びおそるおそる踏み出したりを繰り返した。

川ノ村は首を傾げている。

「あげん大勢の若二才ばおるとに、ないごて押し入らんとか」

二人の周りにも、大勢の野次馬が肩を並べている。

「籠り者は伝吉《でんきち》親分のところの用心棒だそうだな」

「あの、頬に傷のあるセンセイのことですかい。それならオイラも知ってる。念《ねん》流《りゅう》の使い手だそうですよ」

宿場の者らしき老人と、中年の二人が話している。伝吉親分というのが何者なのかは知らないが、およその事情は推察できた。籠り者が剣の使い手だから、役人もヤクザ者も、恐れて踏み込むことができないのだ。

「どげんするとか篠ノ原さぁ。事が片づくまで待っちょったら、どげん時を食うかわからん」

その時、彼方でどよめく声がした。問題の旅籠の表障子《おもてしょうじ》が開いて、籠り者の浪人がヌウッと姿を現わしたのだ。

「なるほど、凄《すご》みのある顔つきでごわんど」

大男の川ノ村が言った。

殺気走った痩《や》せ浪人である。いかにも食い詰め者らしい姿だが、それだけにいっそう凄惨《せいさん》であった。

「川ノ村どん。見てみぃ。何もかも投げ捨てた、っちゅう顔つきでごわんど」

捨て鉢になった者は恐ろしい。

浪人は片手に抜き身の刀を握り、もう一方の手には縄の端を握っていた。縄をグイッと引くと、雁字搦《がんじがら》めに縛りつけられた、七歳ぐらいの子供が転がり出てきた。

「ああっ、伸吉《しんきち》!」

母親らしい女が悲鳴を上げる。子供も「おっかあ!」と叫んで、火がついたように泣きだした。

「うるさいッ」

浪人が激怒する。それから役人に鋭い目を向けた。

「どけっ!　餓鬼も、手前ェたちも、一人残らずぶった斬るぞ!」

篠ノ原は困惑を通り越して、呆《あき》れ顔となった。

「どげんしようもなか痴れ者たい」

浪人が血走った目を獣《けもの》のように光らせながらこっちに来た。

「退《ど》けッ、退けッ」

刀を振り回して威嚇《いかく》する。野次馬たちは転げるようにして逃げ散った。気がつけば街道には、川ノ村と篠ノ原の二人だけが立っていた。浪人者が子供を引きずりながら迫ってくる。

「篠ノ原さぁ、面倒でごわす。こん男は、倒して進みもそう」

川ノ村は笠を脱いで捨てると、いきなり刀を抜いた。これには物陰に隠れた野次馬たちもギョッとなった。

川ノ村の刀は、鞘長《さやなが》（刃渡り）二尺七寸（約八〇センチ）の大刀で、身幅も広く、反《そ》り浅い同田貫《どうたぬき》だ。戦国の世ならばともかく、太平の世に、こんな大業物《おおわざもの》を差している武士は滅多にいない。少なくとも江戸には一人もいない。

川ノ村の抜刀を見て浪人が激昂した。抜き身の刀を鋭く突きつけてきた。なるほど、念流の使い手という評判に嘘はなさそうだ。片手に縄を摑んでいるわりには、腰の入った構えであった。

「邪魔《じゃま》だてすると命はないぞ！」

殺気を総身に走らせながら威嚇してくる。

それには答えず川ノ村は、背伸びをするようにして浪人者の向こう側にいる役人に質した。

「生け捕りにしたほうがよかでごわすか」

役人は震え声で答えた。

「見てのとおりの凶賊《きょうぞく》ゆえ、斬り捨てでかまわぬ」

「心得もした」

川ノ村は大上段に刀を振り上げた。そして大きく前に踏み出した。川ノ村の巨体がいっそう大きく膨れ上がったように見えた。

「おのれ田舎侍！　そこを退けッ、さもなくばこの餓鬼を――」

浪人の威嚇など耳に入らぬ様子で川ノ村はいきなり突進した。なんの駆け引きもなく相手の剣の間合い――刃が届く境界――を踏み越えた。

浪人は子供を繋《つな》ぐ縄から手を放した。両手で刀を握り直した。

「ならば貴様もあの世へ――」

川ノ村は大上段に振りかぶった大刀を、

「チュ――イッ！」

奇怪な掛け声とともに斬り下ろした。

浪人は咄嗟《とっさ》に刀を合わせた。顔の前で刀身を構えて川ノ村の打ち込みを受け止めようとした。

ギインッ、と凄まじい金属音がした。役人が、ヤクザ者が、宿場の人々が、息を呑んで見守る。

縄で縛られた子供が、悲鳴を上げながら母親の許に走っていった。

直後、浪人者の身体がクタクタとその場に崩れ落ちた。倒れると同時に頭から激しく血飛沫《ちしぶき》を上げて、膨大《ぼうだい》な血を街道の地面に撒き散らした。

川ノ村は刀を両腕で突き出したまま瞑目《めいもく》し、腹の底から大きな息を吐き出した。

「やった！　仕留めた！」

ヤクザ者の一人が駆け寄ってくる。ところが地べたに倒れた浪人者を一瞥するなり、「ぐえっ」と呻《うめ》いて、尻込みした。

浪人者の頭骨には、浪人者自身の刀がめり込んでいたのだ。自分の刀の峰で、自分の頭を砕いて死んでいたのである。

「……なんてぇ死に様だい」

浪人者は川ノ村の打ち込みを刀で受けた。受けたけれども、そのまま打ち込まれ、相手の刀を押し返すことができないばかりか、おのれの刀で頭蓋骨《ずがいこつ》を粉砕《ふんさい》されてしまったのだ。

「こんな撃剣は初めて見た……」

喧嘩出入りを見慣れているはずのヤクザ者が、総身に震えを走らせている。アングリと開いた口がわなないている。

川ノ村は懐紙《かいし》で刀を拭う。懐紙を懐に入れておくのは武士のたしなみだが、いつ買ったかもわからぬ古い紙だ。汗を吸って黄ばみ、ヨレヨレになった紙で刀を拭って、血のついた紙を浪人者の懐にねじ込んだ。血の一滴であろうとも相手に返すのが決闘における礼節であった。

そしてパチリと納刀《のうとう》した。まったくもって落ち着きはらった態度であった。

役人が小走りにやって来た。何事か言おうとして、声をつまらせ、咳払《せきばら》いをした。

「助太刀《すけだち》、大儀《たいぎ》にござった。拙者は道中奉行所出役、下田勘次郎《しもだかんじろう》と申す」

徳川幕府の道中奉行所は、五街道などの官道を管理する役所だ。番方（軍人）ではなく役方（役人）であるので、武芸の心得のない者も多い。下田と名乗った役人も、恐々《こわごわ》と川ノ村を見上げた。

「率爾《そつじ》ながら其処許《そこもと》は……」

「拙者の身許検《みもとあらた》めでごわすか」

川ノ村は怒ったような顔で答える。別段立腹しているわけではないが、さすがに人の一人を殺した直後で殺伐《さつばつ》としている。

「島津家、江戸下《しも》屋敷詰め、川ノ村源八郎《げんぱちろう》でごわす。御用旅の途上、たまたま通りかかっただけでごわす」

「左様でござるか……お急ぎのところ、とんだご迷惑をおかけいたした」

「もう、行ってもよかでごわすか」

「ご姓名さえ判別いたせば、大事はござらぬ」

質にされていた子供と、その母親が抱き合って泣いている。川ノ村は横目で眺めて、ようやく生来の朗《ほが》らかさを取り戻した。

「子供が無事で良かったでごわすな」

そう言うと下田に一礼して、笠を拾い上げると頭に被り、ノシノシと歩み去った。

「篠ノ原さぁ。遅れれば取り戻さねばならんぞ。少々急ぎもそ」

何事もなかったかのように二人して歩く。宿場の者たちが一斉に、サーッと道を空《あ》けた。ヤクザ者たちも、籠り者の浪人に対していた時よりももっと恐ろしげに、川ノ村を見た。

母親が走り寄ってきて礼を言おうとしたが、

「よか、よか」

笑顔で、しかし面倒臭そうに手を振ると、なにやら逃げるようにして去った。

「あれが……噂に聞く薩摩の示現流か……」

下田が戦慄《せんりつ》しながら呟《つぶや》いた。

示現流は島津家の御家流であると同時に御留《おとめ》流だ。他藩の者には教えることはもちろん、見せることすら憚《はばか》っている。だが、その剣の恐ろしさだけは噂となって漏れ伝わっていた。

「相手の剣ごと圧《お》し斬る勢いだとは……」

予想以上の凄まじさに、下田はもちろん、ヤクザ者たちも皆、胴震えが止まらなかった。

第二章　御用金横領

一

中島四郎左衛門《なかじましろうざえもん》は中山道を急いでいる。笠を被《かぶ》り、羽織を着け、裾に汚れ除《よ》けの縁取《ふちど》りをつけた野袴《のばかま》を穿《は》いていた。腰の二刀には柄袋《つかぶくろ》を被せている。微塵《みじん》の隙《すき》もない旅姿だ。

年の頃は二十代の半ば。細い目をした癇《かん》の強そうな（神経質）顔つきである。歩きながらも視線は常にあちこちに投げて、公領の水害の様子や、行き交う者たちを見定めている。

行住坐臥《ぎようじゆうざが》、この目に映る全てのものは、単に〝眺める〟のではなく常に〝格《かく》知《ち》する〟ようにせねばならぬ、というのが四郎左衛門の口癖であった。そして実際、そのように目と頭を働かせ続けていた。

格知は窮理《きゆうり》に通ずる。格物致知《かくぶつちち》、物事を深く見極めてその本質（理）を窮《きわ》め尽くす、ということだ。

四郎左衛門の後ろには、お供として荷物担ぎの老僕が従っていたが、「うちの旦那様の言うことは難しくてさっぱりわからねぇ」と、常々こぼしている。

それはそうだろう。汚れた褌《ふんどし》の洗い方から、干し方、乾いた褌の畳み方までいちいち理を窮められて格物致知されたのでは面倒臭くて仕方がない。

今回の旅もそうだった。泊まった旅籠《はたご》で出された飯の一汁一菜、すべてをいちいち格物致知しようとする。「なにゆえ今宵《こよい》の肴《さかな》はこれなのか」などといちいち聞かれても、旅籠の主も迷惑するばかりだ。

老僕は、四郎左衛門の親の代から中島家に仕えた古株だ。四郎左衛門を子供の頃から知っているし世話をしている。その気安さもあって、

「あんまり深く物事を考えすぎるのは良くねぇですだ」

と、窘《たしな》めたが、四郎左衛門は老僕に対しても折り目正しく正座して、

「わしにこの性分があればこそ、殿はわしに目を掛けて、お役目を任せてくださるのだ」

と、答えた。

老僕にとっては、難儀など性分だと思わぬでもないのだが、確かにこの特質がお役に立つ日がやってくるかも知れない。それも近いうちに。

四郎左衛門は若年寄の酒井信濃守に仕えている。信濃守が老中に出世して、天下の政《まつりごと》を動かすようになれば、四郎左衛門のような細かい男は便利に使ってもらえるだろう。

実際に今回、御用旅を言いつけられた。上屋敷の表御殿（酒井家の政庁）に呼び出されて、主君の信濃守から直々《じきじき》に御声をかけられて、公領の視察を命じられたのだ。

（首尾よくお務めをお果たしなされて、若旦那様にもご出世の芽が出ればいいんだがなぁ）

老僕はそんなふうに考えている。

四郎左衛門は道々の宿場で人を雇って荷物を運ばせた。三人ばかりが挟箱《はさみばこ》や合羽入れを担いで従っている。けっこうな大人数の行列だ。酒井信濃守の威光もあって、荷物担ぎの男たちの手配も、宿場問屋の手配りで真っ先に整えられた。

宿場問屋で働く者たちにも、信濃守の出頭《しゅっとう》ぶりは伝わっているらしい。次の老中様のご家中に不便をかけてはならぬとばかりに、厚い手配りを受けていた。

老僕としても気分の良い話ではある。荷物担ぎの男たちを偉《えら》そうに指図《さしず》しながら旅を続ける。

一行は神流川《かんながわ》を渡った。武蔵国に別れを告げて上野国に入った。

「なるほど、一面が泥の海であるな」

中島四郎左衛門の目が、舐めるように、水没した田畑と村落を凝視《ぎようし》していく。足だけはセカセカと歩ませながらだ。首を盛んに傾《かし》げさせたり「うむ」と頷いたりしているが、何を格物し、致知しているのか、老僕にはまったくわからない。

その四郎左衛門の足が、突然に止まった。

「なんだ、あれは」

極めて珍しいことに疑念を漏らした。

老僕は少しばかり驚いた。

四郎左衛門という男は、なんであれ、見たもの、聞いたこと、全てを自分の頭の中で窮理してしまう。頭の中であれこれとこねくり回した挙げ句に理解する。あるいは理解したつもりになってしまう。なんでも自分の頭で理解してしまうから、独り言にしても「あれはなんだ」などと口に出すことはないのだ。

老僕も目を向けた。

「田植え歌ですかいのぅ」

賑やかな集団が手に手に鳴り物を打ち鳴らし、歌い、踊っている。実に楽しげだ。

農村部で人々が浮かれ踊るのは珍しい。田植えと秋祭りなどの時だけだろう。

「馬鹿を申せ」

四郎左衛門が冷たい口調で言った。

「田植えは梅雨《つゆ》前に済ますであろうに。それにじゃ、一面水没しておるのに田植えなどするものか」

「へい。まったくで」

老僕は四郎左衛門とは違って窮理などしないから、物言いはいつも適当である。それが普通の人間だろう。真面目《まじめ》に窮理して、すかさず過《あやま》ちを正す四郎左衛門のほうが、ちょっとばかりおかしいのだ。

「そんなら、もしかするとあれが、騒動を起こしていた神憑《かみつ》きサマの信徒衆かもしれませんな」

老僕はまたもいい加減な当て推量をした。そして四郎左衛門に否定された。

「そうではあるまい。神憑きを騙《かた》る者どもの上げる祝詞《のりと》は〝ふるべゆらゆら〟とか申すものだ。その祈りの声は陰々滅々《いんいんめつめつ》たるものだと聞いておる。あのように頓《とん》狂《きよう》に明るくはない」

四郎左衛門が生真面目《きまじめ》に答えて、老僕は「へぇ、左様で」と、またもいい加減にあしらった。

「身形《みなり》から察するに、近隣の百姓どものようじゃが……」

「湯にも浸かってねぇんですかね。泥だらけで真っ黒だ」

大水に襲われた時の、汚れたままの着物を着ている者もいる。

「なにゆえあのように歌い踊って、はしゃいでおるのだ。わからぬ。さっぱりわからぬ……」

村と田畑を流されたのだ、さぞ気落ちしているだろうと思って来てみれば、お祭騒ぎだ。さしもの四郎左衛門も窮理しかねて思い悩んでいる。

四郎左衛門のほうが家を流された、みたいな表情だ。

(百姓衆のやることもわからねぇが、うちの旦那もさっぱりわからねぇ)

老僕は再び、そう思った。

二

「それ〜、それ〜、歌え〜踊れ〜」

クルクル、クルクルとコマのように回転しながら卯之吉が、満徳寺の黒門をくぐって戻ってきた。

銀八があわててすっ飛んでくる。卯之吉は真っ白な歯を見せて笑った。

「お腹を空《す》かせたお百姓衆を集めてきたよ。どこもかしこも食い詰めたお人でいっぱいだ。アハハハ」

卯之吉が集めてきたという大勢の男女が、「飯だ！　飯だ！」と浮かれ踊っている。徳川家御位牌所の満徳寺まで避難すれば、炊き出しにありつけると吹き込まれている。もちろん吹き込んだのは卯之吉だ。

「ちょっと、若旦那！　大《て》ぇ変《へん》でげすよ」

銀八はひょっとこみたいに口を尖らせた。

「もうすぐ御米蔵のお米が尽きるでげす！」

銀八は満徳寺の台所に付き切りで飯炊きに従事している。いつの間にか満徳寺の米蔵についていちばん詳しくなっていた。

「ああ、そうかい」

卯之吉はまったく危機感のない、シレッとした顔で微笑した。

「それなら金蔵を開けて米を買ってくればいい」

「金蔵の銭もないでげす！」

「えっ、どうして？」

「若旦那が湯水のように使っちまうからでげす！　こちらは三国屋さんじゃないんでげすから、お金は、使ったら、なくなっちまうでげすよ！」

「おや。そうなのかい。上様の御位牌所も存外に吝《しわ》いね」

近在の公領には二百万人の百姓がいる。そのうちの一割が被災したとしても二十万人だ。炊き出しの米も、米を買う金も、あっと言う間に消費してしまう。

それでも卯之吉はまったく案じた様子もない。

「それなら倉賀野《くらがの》宿《しゆく》に行こう」

「倉賀野に行くと、どうなるんでげすか」

「御蔵米と、お江戸から送られてきた金子があるはずだ。さぁさ、まだまだ踊るよ！　それ〜皆の衆、歌え〜踊れ〜」

卯之吉は囃《はや》し立てながら一人、門を出てヒョコヒョコと歩んでいく。倉賀野宿まで踊りながら行くつもりらしい。

台所から、たすき掛けをした庄田朔太郎もやって来た。

「仕方がねぇ。あるだけの米を炊いて食わせるんだ。卯之さんが連れてきた百姓たちは、飯を食わせなかったら暴れ出すかもわからねぇ」

なにやら戦《いくさ》でも臨《のぞ》むような決死の面持《おもも》ちで言う。

「飯を食わせることができなくなったら一揆《いっき》だ。命懸けだぞ」

銀八も珍しく真面目な顔で「へいっ」と答えた。


「それ〜、歌え、踊れ〜」

卯之吉はクネクネと身をくねらせながら倉賀野宿に踊り込んだ。

極めて虚弱な体質で、吉原に赴《おもむ》く際にも自分の足ではなく、猪牙舟《ちょきぶね》や駕籠《かご》を使うぐらいなのだが、遊興となると話は別で、疲れ知らずに踊っている。

「あいよぅ。ごめんなさいよぅ」

クルクルと回りながら器用に暖簾《のれん》を払って、江州屋《ごうしゅうや》の店先に入った。

「……これは。……三国屋さんの若旦那さん」

帳場に座っていた主の孫左衛門《まござえもん》が、唖然《あぜん》としながらも、気を取り直して挨拶した。中山道の要衝《ようしよう》、倉賀野宿で長年に渡って河岸問屋《かしどいや》を務めた孫左衛門だが、回転しながら店に入ってくる男、というのを見たのは初めてだ。

しかしながら、相手は三国屋の若旦那。江戸一番の札差で、公領の年貢米の検見《けみ》(作況指数)や値づけにも大きな力を持つ徳右衛門の孫だ。いい加減な対応もできず、さりとてどう対応したら良いのかもわからない。ともかく店先まで出て座り直した。

「本日はどういったご用向きで。……その前に、手前の店の中で踊るのはやめていただけませんかね」

「ああ、そう。ご迷惑でしたかね」

卯之吉はようやく踊りの手を止めて、孫左衛門に向き直った。

孫左衛門は、この素《す》っ頓狂《とんきよう》な若旦那が、今、江戸で評判の辣腕《らつわん》同心、人斬り同心の異名をとる南町の八巻だとは思っていない。先の事件の際には、若衆役者の由利之丞が影武者を務めたからだ。

それになにより、目の前にいるこの男が南町の八巻だ、と言われても、絶対に信じることができないのに違いないのである。

卯之吉が、パッと弾けるような笑顔をニュウッと近づけてきた。

「満徳寺様のねぇ、御米蔵が空になったのです。つきましてはお米を買いつけます。金子《きんす》を出してください」

「は……？」

何を言っているのか、わからない。米を買いに来たから金を出せ、とは、どういう了簡《りょうけん》か。

「あのぅ……、若旦那？」

「こちらの河岸蔵にはお江戸から送られて来た金子がしまわれているでしょう。あたしの祖父がね、御勘定奉行様から伺《うかが》いましたよ」

「はぁ」

札差の大店《おおだな》ならば勘定奉行と昵懇《じっこん》なのは当たり前だけれども。

卯之吉は朗《ほが》らかに笑っている。

「その金子があれば、信濃からでも下野《しもつけ》からでも、お米を買い集めることができましょうよ」

倉賀野宿の中山道を西に向かえば信濃国。倉賀野宿を起点とする例幣使《れいへいし》街道を東に向かえば下野国だ。どちらも米所である。

「それは確かに、金子さえあれば、信濃も下野も水に浸かってはおりませんから、いくらでも米を集めることができましょうけれども……、しかし、あの金子は堤を作り直すために算用されているのですよ？」

「そんなことよりもご飯です！」

卯之吉はきっぱりと言い切った。

「米を買いましょう！」

「しかし御用金に手前たちの一存で手をつけることは——」

「ツケは本多出雲守様に回すから心配いりませんよ！」

「えっ」

「米です！　さぁ買いましょう！」

卯之吉は雪駄《せった》を脱ぐと帳場に上がり込んできた。

「お蔵の金子の手形はこれですね？　これを、チョイ、チョイと」

「あっ、勝手に何をなさいますか！」

卯之吉は徳川幕府の公金の手形を勝手に換金するように、請け出し手形を書いてしまった。

「あたしがお祖父様より預かったこの印判で……」

札差三国屋の印を捺《お》せば、公金を右から左へと動かすことができる。札差は徳川幕府の公務を代行する仕事だからだ。

「さぁ、これで良し」

勝手に記した手形を二枚、両手に摑んで走り出そうとした。孫左衛門が慌てて止める。

「おやめなさい！　お命に関わりますよ！」

「出雲守様とあたしの祖父に、存分にやれと言われてますから大丈夫ですよ」

何故《なにゆえ》かは知らず、あの二人は、いつの間にやら卯之吉のことを、本当に才覚のある切れ者同心だと思い込んでしまったような気配がある。

「堤が切れた一件の後始末は、あたしに任されておりますので」

手形を持って宿場に向かい、問屋に走ると、

「お上の御用だ。飛脚を二人、頼むよ」

宿場役人に声を掛け、用意された飛脚に手形を渡すと、

「米をありったけ送ってくれ、と、伝えておくれ」

信濃国の中野《なかの》の陣屋と、下野国の真岡《もおか》の陣屋に向かって走らせた。中野陣屋は信濃国の公領の年貢米を管理している。真岡の陣屋は下野国の年貢米の管理だ。

「合点しやした」

飛脚はいきなり走り出した。

「おや、速いねぇ。旋風《つむじかぜ》のようだよ」

卯之吉が笑顔で喜んでいる。

「ああ、行っちまった……！」

止めようとした孫左衛門は、簡単に振り切られ、茫然《ぼうぜん》として見送った。

「頼んだよ〜」

卯之吉が手を振っている。孫左衛門は、

「この若旦那、命はないと決まった」

そう呟《つぶや》くと、いかにしてこの件から自分だけ逃れるか、思案を巡らせ始めた。

三

「くそうっ、南町の八巻め！」

上州倉賀野宿の俠客《きようかく》、辰兵衛《たつべえ》は、酒の入った湯呑《ゆのみ》茶碗を荒々しく、長火鉢の猫板《ねこいた》に叩きつけた。

辰兵衛は中山道の荷運びをする男たちの手配を請け負っている。倉賀野宿は中山道で有数の大きさを誇り、配下の男衆は百人を下らない。見世《みせ》の奥に陣取っ

て、神棚を背負い、火鉢を前に抱えた姿は納得の貫禄《かんろく》だが、

「面目《めんぼく》がねぇったらねぇぜ！」

本人は憤懣《ふんまん》やる方ない様子であった。

子分たちはとばっちりを恐れて隅《すみ》で小さくなっている。

堤《つつみ》崩壊の一件から十日が過ぎたが、辰兵衛の怒りは収まるどころか、日に日に激しさを増している。

倉賀野宿は中山道の宿場であるが、同時に、例幣使街道の起点でもある。さらには烏川――江戸川の舟運《しゅううん》とをつなぐ大事な役目も負っている。倉賀野宿まで馬や人の背に担《かつ》がれてきた荷を、川船に移して江戸まで運ぶのだ。

倉賀野の河岸には、信濃国、上野国、下野国の公領から運ばれてきた年貢米を収納する蔵がある。河岸問屋と呼ばれる顔役が管理を請け負っているのであるが、問屋の江州屋孫左衛門と辰兵衛とは結託し、御蔵米の横流しを謀《はか》った。

この一件は（江州屋孫左衛門にとっては）止むに止まれぬ事情があってのことだった。だが、悪事であることには変わりがない。年貢米の横流しは、打ち首獄門の大罪だ。

辰兵衛も孫左衛門も、命がかかっているから、事の隠蔽《いんぺい》には必死であった。河

岸問屋と宿場の顔役という立場を悪用して、誰にも見破られることのない策を練り上げたつもりでいた。

「……それを、八巻の奴め。クソッ」

フラリと乗り込んできた八巻によって、瞬《また》くうちに、悪事を詳細に暴かれてしまったのである。

「役者みてぇなツラぁした餓鬼《がき》のクセに、どうにも腹の虫が治まらねぇ！」

八巻は噂どおりの優男《やさおとこ》であった。江戸三座の役者のような、という評判どおりの白面郎《はくめんろう》であった。人を食ったような薄笑いを常に浮かべる、なんとも気障《きざわ》りな男であった。

と、この辰兵衛が〝南町の八巻〟だと信じ込んでいるのは、売れない若衆役者の由利之丞なのではあるが、それはさておき、

「あんな役者みてぇな若造に舐《な》められたままじゃあ、倉賀野ノ辰兵衛親分の名が廃《すた》るってもんだぜ！」

辰兵衛の怒りはますます募《つの》る。

子分たちは首を竦《すく》めつつ、そっと裏口から店を出た。親分の前に座っていても、八つ当たりの拳骨《げんこつ》を食らうのが関の山だ。

「そうは言ってもよぅ……」

子分の一人、伊佐《いさ》は、兄貴分の政三《まさぞう》に向かって唇を尖《とが》らせた。

「親分もオイラたちも、八巻ノ旦那のお目溢《めこぼ》しで、首の皮一枚がつながってるわけだしなぁ」

政三は、高い鷲鼻《わしばな》の目立つ男で、鋭く細い目をさらにしかめて頷《うなず》いた。

「おうよ。俺たちは八巻ノ旦那にゃあ金輪際《こんりんざい》、頭が上がらねぇ」

御蔵米横流しの一件は、八巻の一存で内済《ないさい》にされた。

「だからこそむかっ腹が立つんじゃねぇか。どうにも首の辺りがスースーしやがる。八巻の気が変われば、いつでもこの首は獄門台送りだ。江戸の町の同心野郎に魂《タマ》を握られているなんざ、考えただけでゾッとする」

御多分に洩《も》れず辰兵衛も、表稼業の他に、夜の仕事である賭場を開帳していた。政三は辰兵衛の賭場では代貸を務めている。ヤクザそのものの人相風体だ。頬がこけ、顎《あご》が尖っている。顔色はいつでも青黒い。

「どうにかして、八巻を出し抜くことはできねぇもんかな」

険悪な面相で思案する。

「八巻の弱みを握ることができりゃあ、いいんだが」

「役人の弱みっていやぁ……」

伊佐も兄貴分に倣《なら》って思案顔だ。こちらは丸顔で、どんぐり目がクリッとして、ヤクザ者よりも三枚目役者のほうが似合いそうだ。

「賂《まいない》を取ったところを、押さえられることですかね」

政三はジロリと伊佐を見た。

「賂の証《あかし》を手に入れて強請《ゆすり》をかけようってのかい」

すると伊佐は目を剝《む》いてブルッと震えた。

「い、いや、そいつはいけねぇや！　八巻はヤットウの使い手ですぜ。しつこく強請《ゆす》ったりしたら『めんどくせぇ』ってんで、ズン、バラリンと斬り殺されちまうかもわからねぇ」

「いや……」

政三は懐《ふところ》から腕を出して、尖った顎を撫《な》でた。

「まんざら悪い策でもねぇ。確かに八巻は都合の悪い話を聞きつけた野郎を許しはしねぇだろう。だがよ、俺たち一家は中山道でも一、二を争う大所帯だぜ。いくら八巻でも、俺たちみんなを殺し尽くすことなんかできるはずがねぇ」

「そうですかね。八巻はとんでもねえ凄腕《すごうで》の剣客ですぜ」

街道筋で恐れられた、名だたる剣客浪人たちが江戸に出向いて、一人残らず八巻に斬られて死んでいった。「あのセンセイには絶対に勝てねぇ」とヤクザ者たちを震え上がらせていた人斬り浪人であっても、八巻にはまったく歯が立たなかったのだ。

身震いを繰り返す伊佐を、長身の政三が冷ややかに見下ろしている。

「考えても見ろ。一人の役人が何十人ものヤクザを斬ったら、天地がひっくり返ったみてぇな大騒動になる。倉賀野の宿場が血の海になるんだぜ」

「兄貴……、そんなの嫌だよ……」

「当たり前だ。八巻だって、そんな大騒動は望んじゃいねぇ。いかな八巻でもそうなっちまったら隠しようがねぇからな。必ずや江戸のお上のお耳にまで達する。道中奉行様がお調べに乗り出してきて、八巻の悪行はぜんぶバレるぜ」

「八巻も困ったことになるでしょうね」

「当たり前だ。八巻は馬鹿じゃねぇ。手前ぇの身を守るためにも、俺たち一家を皆殺しにすることはできねぇってことが、わかってるはずだぜ」

「なるほど」

「と、なれば、後はどうやって八巻の弱みを握るか、だが――」

話の途中で政三は目を道の先に向けた。

「ありゃあ、江州屋さんとこの手代じゃねぇか。なにがあったんだ。血相を変えていやがる」

三十ぐらいのお店者《たなもの》が走って来る。前掛けを着けているので走りづらそうだ。前掛けには、丸で囲まれた江の字が染め抜かれてあった。

政三は手代の前に立ちはだかって道を塞いだ。

「善次《ぜんじ》さん、どうしなすった」

手代の善次は政三に気づいて「あっ」と言いながら足を止めた。

「辰兵衛親分のところの代貸さん。ちょうど良かった。辰兵衛親分のお耳にも入れとかなくちゃいけない話だ」

政三は居住まいを更《あらた》めて、痩《や》せた長身をちょっと屈《かが》めた。

「なにがあったんですかえ」

「お上の公金を差し押さえられた」

「なんですって?」

「あんたも知ってのとおり、河岸問屋は御勘定奉行所のお手伝いをしている。お江戸の御金蔵から運ばれてきた金子を河岸の蔵で預かっているんだが、その金子を、差し押さえられちまったのさ！」

「お上の金子といやぁ、つまりは公方《くぼう》様の金ってことじゃねぇですかい。いってぇ誰が、公方様の金に手をつけたってんですかい」

「八巻ノ旦那だよ！」

政三は一瞬、絶句した。伊佐も驚いた顔つきで、善次と政三の顔を交互に見ている。

政三は唸《うな》った。

「いっかな辣腕同心サマでも、公方様の金に手をつけたとあっちゃあ、ただじゃ済まねぇ。いってぇ何を考えてるんだ、あの野郎」

「お上にお叱りを受けるのが八巻様だけなら、まだしもの話ですよ！　公金を預かったのは江州屋ですからね！　手前どもまで一緒に首を刎《は》ねられちまう。倉賀野宿の全体の責めだ、なんて話になったら、あんたたち一家にもお咎《とが》めが及ぶかもわからないよ！」

「そいつぁてぇへんだ！」

泡を食ったのは伊佐だ。早くも冷や汗を滴《したた》らせている。

「ともかく、手前は江州屋に戻りますからね。あんたがたも辰兵衛親分さんへ注進しておくんなさいよ！」

善次はセカセカと足を運んで、江州屋へ走っていった。

「とんでもねぇことになりやしたね」

身震いを繰り返す伊佐が、兄貴分の政三を見上げると、政三は口許に冷たい笑みを浮かべながら、眼光鋭く伊佐を見下ろした。

「願ってもねぇ話じゃねぇか」

「えっ」

「わからねぇのか。これで八巻を始末できるぜ。野郎のほうから、とんでもねぇ下手を打ちやがった」

「あっ、なるほど。事の次第を『畏《おそ》れながら』と江戸のお上に訴え出れば……」

「おうよ。八巻はオシマイだ」

政三は嗜虐的《しぎやくてき》な笑顔を見せた。笑った顔は、よりいっそうの不気味さであった。

「八巻の悪行の証拠を揃えるんだ。お上の前で八巻が言い逃れできねぇようにな。明々白々たる証《あかし》を揃えるんだ。さぁ走れ！　俺は親分に子細《しさい》を報《しら》せてくる」

「へいっ」

二人はその場で別れて、それぞれの方角に向かって走った。

四

上野国の公領を差配する陣屋（代官所）は岩鼻《いわはな》にある。中島四郎左衛門一行は、昼過ぎには陣屋の建物に入った。

「お待ちいたしておりました」

代官が直々に出迎えて、四郎左衛門を代官役所の書院に通した。

代官は五十歳ばかりの、風采《ふうさい》の上がらない小男で、白髪《しらが》混じりの鬢《びん》の毛も薄く、髷《まげ》はずいぶん小さかった（髪の量が少ないから）。月代《さかやき》は剃る必要がないだろう。いかにも苦労人、という風情《ふぜい》だ。

お代官様、などと聞くと、高位高官のようにも思われるが、実際は勘定奉行所の一官吏に過ぎない。役高はたったの百五十俵だ。南北の町奉行が二千石（禄米《ろくまい》二千俵に相当）の禄を受けていたことを思えば、その薄給ぶりが窺《うかが》える。町奉行所の与力だって二百石（禄米に換算すると二百俵）も貰《もら》っていたのだ。代官ほど世間の華美な印象と、貧相な実態との落差が大きい役職は他にない。

余談だが、幕府の武士の給与には、石高《こくだか》での支給と禄米での支給とがあった。

石高は米が取れる田圃《たんぼ》での給付である。禄高百石ならば、百石の米が採れる田圃を上様から頂戴《ちようだい》していることになる。その田圃で取れた百石の米のうち、年貢として収められるのは四割の四十石。四十石の米を俵に詰めると百俵になる。俵一つは一石の田圃の年貢に相当するわけだ。年貢納入の時にわかりやすいように、米俵の大きさが定められたのである。

であるから、禄高百石と禄米百俵の収入はほぼ一緒なのだ。

いずれにしても代官は薄給であり、石高・禄米の多寡《たか》と身分とが比例する身分社会であるから、代官の身分は低い。

岩鼻陣屋の代官は、中島四郎左衛門を立てて、遜《へりくだ》る態度を見せた。自分のほうから深々と頭を下げる。

「遠路遥々《えんろはるばる》、ご視察ご苦労に存じまする。酒井信濃守様におかれましては、昨今ますますの御盛運、慶賀《けいが》の至りに存じまする」

代官など、幕閣の鼻息一つで吹き飛ばされる。あるいは目を掛けられれば大出世を果たすことも、ないこともない。幕閣に気に入られるためには、まずその耳目《じもく》となっている者のご機嫌を取らなければならない。幕府の役人も、なにかと気を使う仕事なのだ。

　まして次期老中間違いなしの下馬評を取っている酒井信濃守の家臣であれば尚《なお》更《さら》のこと。

「いかなるご用向きでござろうかな。なんなりとお申しつけくだされ」

　まるで従僕のように伺いを立て始める始末だ。

　中島四郎左衛門はまだ若い。己の才覚と頭の良さを鼻に掛けている。いかにも尊大な顔つきを、「フン」と上に向けた。

「拙者、主君である若年寄、酒井信濃守の命を奉じて参った。公領の被災にあたって公金を差し下し、作事を命じしが、その進捗《しんちょく》やいかに」

「ハハッ」

　代官は若年寄本人に問われたかのように、身を低くして恐縮した。

　四郎左衛門は続ける。

「先の騒動は、悪党の跋扈《ばっこ》を見過ごしたお上の――筆頭老中の本多出雲守様の手抜かり――などと物申す者どももおる」

　その悪評を流しているのは、他ならぬ酒井信濃守の一派だ。

「早急に公領を元に復し、百姓どもの暮らしを安んじてやらねばならぬ。公領よりの年貢は政の根幹である。公儀の弥栄《いやさか》もかかっておるのだ――との、若年寄、酒井信濃守様のお言葉じゃ」

　代官にとっては、言われるまでもないことである。しかし余計なことは言わずに、ただ恐縮して見せた。

「酒井信濃守様のご憂慮《ゆうりょ》、ごもっとも至極《しごく》に存じあげ奉りまする」

「ならば、なにゆえ手をこまねいておる。水は川下の江戸にも流れ込み、市中を水浸しにしようとしておるのだぞ！」

「しかるに、そのぅ……」

「なんじゃ」

　代官は恐る恐る、顔を上げた。

「梅雨の長雨で増した水が引かぬことには……」

「なんじゃと？　作事に取りかかれぬと申すか！　若年寄、酒井信濃守様の御下《ごか》命《めい》ぞ！　川の水が恐ろしくて手が付けられぬと申すか！」

「い、いえ……、決して、そのような」

　代官は額の冷や汗を懐紙で拭いながら、答えた。

「じっ、実は、御用金に手をつけた者がおるのでございます」

「なんじゃと」

常に冷徹な物腰を崩さぬように努めている四郎左衛門も、さすがにギョッとなって、目を見開いた。

「公儀の金子を私したと申すか！　なんという命知らずな――即刻、討ち取れ！　貴殿はなにをボヤボヤしておるのか！」

「いえ、それが……、その者は、本多出雲守様の意を受けておるとの由でございまして……」

「御老中の出雲守様じゃと？」

四郎左衛門は自慢の知能を働かせて、即座に状況を理解した――つもりで誤解した。

（我が殿は、見事に公領の建て直しをして見せることで世評を得、出雲守様に成り代わって老中首座を射とめようとなさっておわす。出雲守様はそれを知って、我が殿の壮挙を妨げる策に出てきたのか！）

なんとしても御用金を取り戻さなければならない。

（金子がなければ何もできぬ。それが今の世だ）

格物せずとも江戸で普通に暮らしていれば誰でもわかる道理だ。

代官は、厄介《やっかい》払いをしたかったのであろう。

「事情は、倉賀野宿の問屋、江州屋孫左衛門にお訊《き》きなされ。ともあれ、この陣屋にはお上よりの御下し金は届いており申さず。我らとしても、仕事にならぬありさま」

倉賀野宿に向かうようにと勧めた。すべての責めを押しつけるつもりのようだ。

「倉賀野宿の江州屋じゃな。あいわかった」

四郎左衛門は早くも腰を上げた。

陣屋を出て行く四郎左衛門を、代官は溜め息まじりで見送った。

「急《せ》いては事をし損じる、との謂《い》いもある。物事には自《おの》ずから成就《じょうじゅ》する時、というものがある。成就の時に至らぬのに、焦ったところで、上手《うま》く事は進まぬぞ」

公領の統治に従事してきた経験によって得た真理だが、若い者に言って聞かせても納得はするまい。

「ま、好きにやらせておくがよいわさ」

部下のしくじりを背負い込むのは酒井信濃守だ。代官の知ったことではない。

五

若衆役者の由利之丞は「ふわあああっ」と、大きなあくびを漏らした。

「暇《ひま》だねぇ。陽気はいいけど、それだけだ。遊ぶ所も美味《おい》しい物も何もない。ほんとになんにもありゃしない」

見渡せば一面の湖沼と化した平野で小波《さざなみ》が立っているばかりだ。

由利之丞と水谷弥五郎《みずたにやごろう》は水没を免《まぬが》れた畦道《あぜみち》にいた。脇街道の茶店が放置されている。二人は店の腰掛けに座っていた。

「店の者も逃げちまった。甘酒の一杯も出てきやしない」

由利之丞の愚痴《ぐち》は延々と続く。慣れているはずの弥五郎も辟易《へきえき》として、

「それほど暇なら水抜き仕事でもしてきたらどうだ。人手が足りずに困っておるようだったぞ」

「冗談じゃない。力仕事なんかしたら、オイラの身体《からだ》が骨太になっちまうじゃないか」

「それはそうだ」

衆道《しゅどう》好みの水谷弥五郎は、ほっそりとした由利之丞を愛《め》でているのだ。筋肉質

の逆三角体型なんかになられたら困る。

「若旦那は、いつ、ご褒美《ほうび》をくださるのかなぁ。もしかして、忘れてるんじゃないの。ねぇ弥五さん、催促《さいそく》してきておくれよ」

「戯《ざ》れ言《ごと》はよせ。瘦せても枯れてもわしは武士。銭の物乞いなどできぬ」

「やれやれ。お侍ってのは難儀なものだねぇ」

由利之丞は何事か思いこむ様子だ。

「ねぇ弥五さん、あの金子を見ただろう。小判の山だったね。若旦那はあの小判を、どうするつもりなんだろうね」

「勘定奉行所の行列から受け取った、あの金のことか」

「そうさ。あの金、どうにかならないかなぁ。オイラが八巻ノ旦那の芝居をしながら乗り込めば、小判の十枚ぐらい、好き勝手にできるかな」

「お上の御用金に手をつけて、露顕《ろけん》したら打ち首だぞ」

「若旦那は打ち首にならないじゃないか」

「まだわからぬぞ。今回ばかりは八巻氏《うじ》も、命に関わるような気がする」

「若旦那は、それをわかってて、お上の金子に手をつけたのかねぇ？」

「あの男のことだ。何も考えてはおるまいぞ。金がそこにあればパッと使ってしまう。八巻とはそういう男だ」

「やれやれ。こっちにとばっちりが来なければいいけど。若旦那の替え玉としてオイラが打ち首！　なんて話は御免だよ」

「十分にあり得る話だな」

「よしておくれよ」

その時であった。何に気づいたのか、弥五郎がふいに顔を上げた。

「騒がしいな」

「えっ、何が？」

由利之丞にはわからない。武芸者として鍛えた弥五郎と、無気力に暮らしている由利之丞とでは、五感の鋭さに大きな差がある。

そのうちに、由利之丞の目と耳でも、喚《わめ》きながらこちらへ走ってくる男の姿が見えて、声が聞こえるようになってきた。

「大変だぁ！　お役人様を呼んでくれぇ！」

喚き声が風に乗って聞こえてくる。

その男は宿場で働く町人風で、年は四十ばかり。髷を乱し、目を剝いている。

「お役人様を呼べ、だってよ。弥五さん、行ってみようか」

「お前が行ってどうする」

由利之丞はスックと立ち上がると、胸を傲然《ごうぜん》と張った。

「オイラは南町の八巻だよ」

「その替え玉であろうが」

「何が起こったのかは知らないけど、チョイチョイっと片づけてやれば、礼金にありつけるかもしれないじゃないか」

「凶賊《きょうぞく》が暴れておったなら、なんとするのだ」

「その時は弥五さんが倒してよ」

「やれやれ」

しかし、弥五郎としても、懐具合が寂しいことでは同じである。八巻とその手下の名を騙って日銭を稼がねば、どうにもならない。

ともあれ二人は男のほうへ走った。

「やいっ、どうした！　なにがあった！」

由利之丞は早くも芝居に入り込んでいる。南町の同心、八巻になりきって叫んだ。

走ってきた男は、由利之丞はともかく、その後ろを走る強面《こわもて》の浪人男に驚いた様子で、足を止めた。

「あ、あんたたちは、いったい……」

由利之丞は素早く男に走り寄ると、スッと背筋を伸ばし、襟《えり》を両手でキュッと引っ張って見得《みえ》を切った。

「オイラは、お江戸の南町奉行所に仕《つか》える八巻ってもんだ。隠密廻同心の役儀で関八州《かんはっしゅう》に出役《しゅつやく》しているところさ」

「えっ、あなた様が、八巻様……？」

「おうよ。ただ今評判の切れ者同心、八巻卯之吉とはオイラがことさ」

本物の切れ者同心は、自分で自分を切れ者だとは言わないだろうが、そこは役者だ。しかも由利之丞は極めて自己顕示《けんじ》欲が強い。

男は恐々《こわごわ》と弥五郎にも目を向けた。

「そちらのご浪人様は？」

「コイツぁオイラが使っている手下だ。密偵ってヤツだな」

由利之丞は調子よく言う。さすがに弥五郎は呆れた顔をした。

「しかしまぁ、八巻氏に銭で雇われていることには、違いない」

弥五郎がそう言うと、男は「左様でしたか」と納得した様子であった。

「それで」と由利之丞が気障《きざ》ったらしい流し目をくれながら質《ただ》す。

「お前ぇは、何をそんなに慌ててるんだい」

「あッ、そうです！　ここで八巻様にお目にかかれたのは天の配剤！　曲者《くせもの》ですよ！　手前どもの宿《しゅく》で殺しがあったんです！」

「殺しだと？」

由利之丞はチラリと弥五郎に目を向けた。そして小声で言った。

「思ったよりも大事《おおごと》だよ」

「首を突っ込んだからには知らぬ顔はできぬぞ。南町の八巻氏の体面にかかわる」

男は由利之丞の腕を引っ張る勢いで、

「すぐに来てくださいましッ」

と頼んだ。

由利之丞は弥五郎に向かって小声で、

「殺しのあった後に駆けつけたって、礼金には、ありつけそうにはないよ」

嫌気の差した顔つきで言った。弥五郎は渋い表情で首を横に振る。

「番屋で飯ぐらいにはありつけるだろう」

「仕方ないなぁ」

「それはこっちが言いたいことだ」

二人は男に案内させて、問題の宿に向かった。

「こりゃあ、ずいぶんと寂れた宿だ」

軒の傾いた家屋が、十五、六軒ばかり建ち並んでいる。苔《こけ》むした板屋根に石を載せ、油障子はいつ張り替えた物なのか、汚れた色で黄ばんでいた。

「宿って言うから、街道の宿場かと思ったのに。目算《もくさん》が外れた」

「宿と言ったら、農村にある町人地のことだろう」

農村にも村人の暮しを支えるための商人や職人、医者などが住んでいる。こうした集落は〝宿〟と呼ばれる（郷宿）。もちろん旅籠だってある。

例の男は粟助《あわすけ》と名乗り、身分は村の乙名《おとな》だと言った。乙名は名主（庄屋）の下で百姓を束ねる顔役だ。

顔役がこの程度に貧相なのだから、村の規模や財力も知れている。由利之丞はますます気落ちがしてきた。

「殺された御方はこちらでございます」

栗助が一軒の建物の障子戸を開けた。

「なんだい、ここは」

「番屋でございます。といっても、八州廻り様がお越しになる時ぐらいしか使っておりませんが。ここの村の者はみんな親類みたいなものでして。たまに喧嘩《けんか》があるぐらいなもので」

役人や御用聞きなど常駐していなくても、犯罪などは起こりようもない、平和な村であるようだ。

そこは理解したけれども、由利之丞は露骨に嫌そうな顔をした。

「骸《むくろ》が寝かされているのか」

由利之丞は贋《にせ》同心だから、検屍《けんし》の心得などはないし、そもそも死体など、拝みたいとも思わない。

「飯が出ても、喉を通らないかもしれないよ」

小声で弥五郎に愚痴を漏らすが、弥五郎に背中を押されて、仕方なく、番屋に踏み込んだ。

「ああ、血の臭いがする」

そう言ったところで、栗助が見ていることに気づき、

「血の臭いを嗅《か》ぐと同心魂が騒いでならぬわ。腕が鳴るぞ」

自分でも（何を言ってるんだろう）と呆れながら大見得を切って、屏風《びょうぶ》の向こうに――死体があるであろう床板《ゆかいた》に――向かった。

「ああ、コイツぁ酷《ひで》ぇな。ずいぶん苦しそうだ……って、手前ェ、この骸はまだ息があるじゃねぇか」

「あっ、ほんとだ。バッサリ斬られたから、すっかり〝殺し〟だと思い違いをしやした」

板の間に敷かれた莚《むしろ》の上で、一人の男が俯《うつぶ》せに寝かされて、苦しそうに息をしていた。顔だけこちらに向けている。丸顔で小太り――らしいのだが、斬られて血の気を失ったせいだろうか、眼窩《がんか》が窪《くぼ》み、顔の色も極めて悪い。豊頬《ほうきょう》の男が急に萎《しぼ》んだみたいな、不思議な面相であった。

「この男は、旅の者かい」

由利之丞が質すと、粟助は「へい」と答えた。

パッチを穿いて手甲《てっこう》と脚絆《きゃはん》を巻いている。由利之丞でも旅人だと見極めがつく。

「生きてるのなら、役人よりも医者を呼ぶのが先だろう」

そう言ったその時、外から一人の老人が入って来た。

「医者の手当てなら、すでに済ませてございます……と言いたいところでございますが、手当てをしたのは馬医者でございますので、なんとも心許《こころもと》ない話でございます」

「あんたは、誰？」

「村の名主の鯉左衛門《りざえもん》でございます。コイと書いてリとよむのでございます」

「名主さん！　こちらはお江戸で評判の八巻様でございますよ！」

「おお、粟助。『お役人様を呼んで来い』と命じたら、八巻様をお連れしたのかい。お前にしては上出来だ」

「へっへっへ。照れますなぁ」

由利之丞は弥五郎にチラリと目を向けた。

「なんだか妙な村に来ちまったよ」

「お前のせいだ」

同心の真似事《まねごと》ぐらいはしておくか、と、由利之丞は怪我人《けがにん》に顔を寄せた。

「おい、しっかりしろ。俺は南町の同心、八巻だ。やい、口が利けるか」

返事はない。苦しそうに唸《うな》っているだけだ。

旅人の着物は血を吸って真っ黒になっている。由利之丞は弥五郎に顔を向けた。

「おい弥五。見てみねぇ。手前ェ、この切り傷をどう見立てる。言ってみろ」

自分では刀傷《かたなきず》など見ても何もわからないから、弥五郎をあてにしているわけだが、ずいぶんと横柄《おうへい》な物言いだ。同心芝居に入りきっている。

弥五郎は（やれやれ）と思いながら、旅人の背中の傷口を検《あらた》めた。

「なかなかの使い手に斬られたな」

「そうだな。オイラもそう見立てた。もっとも、オイラの剣の腕にはとうてい敵《かな》うまいぞ。オイラと立ち合ったなら、ひとたまりもあるめぇ」

弥五郎は無視して傷口を確かめる。

「肺腑《はいふ》には達しておらぬ。この男、命を繋《つな》ぐかもしれぬ」

「そうかい。それはさておき、名主の鯉左衛門さん。このお人を斬りやがった悪党はどこにいるのさ？」

「ああ、それでしたら、逃げていきました」

「逃げた？」

「はい。手前どもが騒ぎ立てたからにございましょう」

「ふ〜ん……」

由利之丞は鯉左衛門と斬られた旅人を交互に見た。何事か思案する様子だったが、ふいに顔を上げて鯉左衛門を見た。

「悪党め、とどめを刺すために、この村に戻ってくるかもわからねぇぞ！」

「えッ！　そんなにしつこい曲者でございますか」

「オイラの勘じゃあ、間違いのねぇところだ」

「なんと恐ろしい！」

鯉左衛門と粟助は震え上がっている。それを見ながら由利之丞は内心、しめしめと思った。

「なぁに。このオイラが村に留まって、悪党を待ち伏せしてやるから心配《しんぺ》ぇいらねぇ」

「ええっ、そこまでのご厚意を――」

「そうと決まったら、まずは腹拵《はらごしら》えだ。腹が減ってはこの八巻とて、剣の腕が鈍る」

「ははーっ。仰《おお》せごもっともにございます。手前の屋敷にご案内いたします」

「おう。そうして貰おうか」

恐縮しきった鯉左衛門を横目で見ながら由利之丞は、弥五郎に向かって、

「飯と寝床は手に入れたよ」

と囁《ささや》いた。

「まったくお前というヤツは……」

「村の人たちを安堵《あんど》させるためだよ。村のために働いて飯にありつくんだ。何も悪いことはしてないよ」

「お前が脅したんだろうが。曲者が戻ってくる、とか抜かして」

ともあれ弥五郎も腹を空かせている。鯉左衛門の案内で、名主屋敷へと向かった。

第三章　斬られた男

一

「今日も朝からよい天気ですねぇ」

卯之吉は満徳寺の黒門から外に飛び出した。

「それ〜、楽しや楽しや」

朝から陽気に踊っている。空は晴れ上がり、初夏の陽差しが降り注いでいる。

実に気分が良い。

台所から急いで美鈴が飛び出してきた。

「笠をおかぶりください」

卯之吉の頭に笠をのせて緒《お》を締める。まったくもって子供のように世話のやける男なのだ。

「本日も、お祭騒ぎにございますか」

難詰《なんきつ》するように言った。いくらなんでも毎日遊びすぎであろう。この放蕩《ほうとう》ぶりが南町奉行所の知るところとなれば、きっと罷免《ひめん》を言い渡されてしまう。美鈴としては案じられてならない。

「そろそろ江戸にお戻りになり、上役様のお指図《さしず》を仰いだほうがよろしいのではございませぬか」

まったくもっての道理であり、宮仕えする者ならば常識なのだが、卯之吉には、当然のようにまったく通じない。

「今の公領のこの様子は、江戸にお住まいの皆様がたには量《はか》りかねましょうから、お指図なんかは当てになりませんよ」

カラッとした笑顔で言い放つと、今にも踊りだしそうな気配となった。

「だけれど、毎日踊ってばかりでは……」

「いいえ、今日はちょっとばかり違いますよ」

卯之吉は黒門の奥に目を向けた。捩《ねじ》り鉢巻の銀八が荷車を引いてやって来る。荷台には黒い箱が載せられてあった。それと、洗濯物を干す時に使うような、長い竿だ。

美鈴は首を傾《かし》げた。

「なんなのです？」

「倉賀野宿の問屋さんで埃《ほこり》をかぶっているのを見つけたんです。さぁ、行きましょう、行きましょう」

卯之吉は真っ白な歯を見せて笑うと、

「楽しや、楽しや〜」

両手を振り上げて踊りながら歩きだした。

卯之吉と美鈴、銀八は、水に浸かった田畑の中を通って、先日の事件で崩壊した堤《つつみ》に向かった。

「まったくお見事ですよねぇ」

堤への道すがら、卯之吉は何かに感心した様子で、嬉しそうに笑った。

周囲には水没した田畑と村落しかない。美鈴には、卯之吉が何をそんなに感心しているのか、さっぱりわからない。

「何が見事なのです」

美鈴が問うと、卯之吉が笑顔を向けてきた。

「あたしたちが歩いている、この道ですよ。ご覧なさい。大水で田圃《たんぼ》が沈んでいるのに、道はちゃんと通れるようになっている。盛り土をして、一段高く造られているからです。しかもきちんと平坦《へいたん》に均《なら》されている。ほら」

振り返って、車を引く銀八に顔を向けた。

「車が楽に通れるようになっているんです。これを〝水平〟って言うんですよね。あたしたちが毎日、何気なく通っている道ですけれど、造ったお人たちは、知恵と工夫の限りを尽くして、通りやすいように造ってくれたのですよ」

「そう言われれば……、たいしたものなのかも知れませんけれども……」

「あたしたちも負けてはいられませんよ！」

「負ける？　なんの勝負でしょうか？」

「さぁ、行きましょう！」

卯之吉は意気揚々と歩んでいく。

「野郎ども見やがれ！　ありゃあ、三国屋の若旦那だぞ」

倉賀野宿の俠客《きょうかく》、辰兵衛が、卯之吉たちを見つけて叫んだ。

辰兵衛の子分、代貸の政三と、三下《さんした》の伊佐も目を凝らす。

「確かにあいつぁ、三国屋の表六玉《ひょうろくだま》だ」

浮かれて歩む様子を見て、政三がそう言った。

辰兵衛一家は、由利之丞が〝南町の八巻〟なのだと信じ込まされている。あの浮かれ者の若旦那（卯之吉）が本物の八巻――辣腕《らつわん》の剣豪同心――だとはまったく思っていないし想像もつかない。

「いってぇ何をしていやがるんでしょうな？　毎日毎日、百姓たちを集めて、騒いでいるって話ですぜ」

政三が憎々しげに言った。辰兵衛もご機嫌斜めである。

「俺の縄張りで好き勝手に振る舞いやがって。癇《かん》に触る餓鬼《がき》だ」

関八州を仕切っているのは勘定奉行所の代官と、その手下として働く侠客たちだ。ことに宿場の周辺は、ヤクザ者がいなければ治安の維持もままならない。

「南町の八巻と、三国屋の爺《じじ》ぃと餓鬼が来てからというもの、俺の縄張りは目茶《めちゃ》苦茶《くちゃ》にされる一方だぜ」

三人が三人とも世間の常識のまったく通じぬ相手で、さしもの大親分もすっかり腐ってしまっている。

伊佐が三枚目じみた愉快な顔を、精一杯にしかめた。

「あの太鼓持ち、何を運んでいやがるんでしょうね」

曰《いわ》くあり気に黒い箱を運ぶ様子が嫌でも目についた。

「親分、兄貴、なんだかとっても重そうな箱に見えますぜ」

「おう」と言って考え込んだ辰兵衛が、何かに思い当たった様子で、ニヤッと笑った。

「読めたぜ。あの箱ン中身は小判だ」

「ええっ」と、政三と伊佐が声を揃えて驚いた。

「考えてみりゃ、わかるだろうよ」

辰兵衛は「ふん」と鼻をヒクつかせている。

「三国屋は、八巻と手を組んでいやがる。八巻が存分に働くことができるのも、三国屋からの賂《まいない》があるからだ」

多額の資金提供を受けて、荒海一家などの手下や密偵を雇っている――と、世間の人々は考えている。

「八巻は御勘定奉行所の行列から金子《きんす》を奪いやがった。さらには江州屋の旦那にも小判を出させたってぇ話だ」

「とんでもねぇ悪徳役人がいやがったもんですぜ」と、政三。

「お上の公金に手をつけるなんざ、怖くてできるもんじゃねぇ」と、伊佐。

自分が打ち首にされるような顔つきで身震いした。

「八巻も、かき集めた小判を持ち歩くことは、できめぇ。ひとまずどこかに隠しておこうとするはずだ」

卯之吉は、集めた小判を米に換えて、炊き出しをし、困窮した者たちに食わせているのだが、まさか、そんな豪勢な椀飯振舞《おうばんぶるまい》をしているとは思わない。

人間は、自分の行《おこな》いを他人にも投影する。悪党の辰兵衛は、八巻は着服した小判を隠すはずだ、と考えたのだ。

「八巻は人目につかねぇように、小判を三国屋に託したんだろう」

「するってぇと……」

伊佐が三枚目じみたどんぐり眼《まなこ》を見開いた。

「あの若旦那、これから千両箱を隠しに行こうとしてる、ってことですな！」

「そう読めたぜ」

辰兵衛は舌なめずりをした。

「それなら親分、さっそく頂戴《ちょうだい》しちまいましょうぜ！」

「慌てるな伊佐。見てみろ。用心棒の若侍がついていやがらぁ。あの足の運びを見てみろィ。若いが、かなりの使い手だぜ」

美鈴のことを若い男だと見誤《みあやま》っている。だが、武芸の腕前を見抜く眼力は確かなようだ。用心棒として雇う剣客を大勢見てきたからであろう。

「俺たち三人がかりでも、勝てるかどうかわからねぇ。それにあの若旦那だって、懐《ふところ》に短筒《たんづつ》ぐれぇは入れてるだろう。金持ちってのは用心深《ぶけ》ぇからな」

卯之吉はまったく何も考えていないのだが、世間一般の金持ちならば、そうだろう。

「なぁに、隠し場所さえわかればこっちのもんだ。さぁ追うぜ。見つからねぇように身を低くしろ」

「合点だ」

三人は、背の高い夏草の陰《かげ》に隠れながら、卯之吉たちを追った。

卯之吉は利根川《とねがわ》の河川敷《かせんしき》に出た。

「崩れた堤の向こう側に水が溢れ出たせいなんですかね。ずいぶんと水嵩《みずかさ》が少ないですねぇ」

卯之吉は何が楽しいのか、いそいそと歩き回っている。美鈴と銀八は、卯之吉が何をしたくてここに来たのかがわからない。卯之吉の奇行を困惑顔で見守るばかりだ。

卯之吉は一通《ひととお》り野原を見て回ると、荷車のところに戻ってきて、箱の蓋《ふた》を開けた。

「若旦那、なんでげすか、これは」

銀八は箱の中を覗《のぞ》きこむ。雑多なガラクタ——のようにしか見えない物がいろいろと入っていた。

「おう。いいね」

卯之吉は目をキラキラさせて、何事かに没頭している。日頃はまったく無気力なのだが、ごくごく稀《まれ》に、極端な集中力を見せる。

「また、若旦那の酔狂《すいきよう》が始まったでげす」

こうなったら好きにやらせておくより仕方がない。これまでの経験から銀八は、そのことを知っている。卯之吉に対しては、真面目《まじめ》に仕事をさせることもできないし、逆に、遊びをやめさせることもできないのだ。

卯之吉は細長い箱を取り出して地面に据《す》えた。さらには河原まで走って、水を汲《く》んで戻ってきた。

いったい何をしているのか、ますますもってわからない。

「それじゃあお前はこれを持って」

卯之吉は銀八に竹竿を持たせた。

「美鈴様も」

「えっ？　あ、はい」

美鈴は不得要領の顔つきで竿を手にした。

「それじゃあ、こちらに来てください」

卯之吉は美鈴を連れて野原の先に向かうと、

「ここに立っていてくださいね。竿は真っ直ぐに立てておいてください。それじゃあ、次はお前だ」

銀八を連れると、別の場所に、同じようにして竿を立てて持つように命じた。

卯之吉は荷車に戻ると、地面に据えた細長い箱の前に屈《かが》み込んだ。箱の両端には目当てがついている。二人が持つ竿と、目当てとを重ね合わせると、懐から帳面を取り出して広げ、何事かブツブツと呟《つぶや》きながら矢立《やたて》の筆で書き記しはじめた。

「あれは、いってぇ何をしていやがるんだ？」

辰兵衛は首を傾げている。辰兵衛一家の三人は、草むらの陰《かげ》から卯之吉たちの様子を窺《うかが》っていたのだ。

「竿を刺してやがりやすね。地割りでもしてやがるんでしょうか」

伊佐が言うと、辰兵衛は「馬鹿を言え！」と言って怒った。怒ったことにたいした理由はない。いつでも理不尽に怒っている男なのだ。

「こんなところに家でも建てようってのか。大水の度《たんび》に流されちまうだろうが」

「そう言われればそうだ。地割りをしたって、家も田畑も作りようがねぇ」

河原の砂地に夏草が生えているばかりの土地だ。

「しかし……」と言ったのは代貸の政三だ。

「なんだか、物々しいことをしていやがりやすぜ。いかにも曰くがありそうだ」

「そうか。読めてきたぞ」

辰兵衛は引きつった笑顔を向けた。銀八たちが持つ竿を指差す。

「ありゃあ、小判を埋める場所を決めているのに違《ちげ》ぇねぇ。竿を刺して目印にして、その場所を書き記していやがるんだ」

「なるほど！　そうに違ぇねぇ。さすがは親分だ！」

伊佐が早呑《はやの》み込みに納得して、辰兵衛を褒《ほ》めそやした。

「それじゃあ、さっそく……」

飛び出していこうとする伊佐の帯を辰兵衛が摑《つか》んでグイッと引き戻す。

「慌てるんじゃねぇ。掘り返すのなら、ヤツらがここから消えてからだ」

「親分、あいつら、どっかへ移って行きやすぜ」

冷静に卯之吉たちを見ていた政三が注意を促す。卯之吉は銀八に車を引かせると、十町ばかり離れた場所まで移動して、再び、同じように竿を持たせて立たせた。

卯之吉は水を入れた箱越しに竿を眺めては、何事か熱心に記帳している。

「都合の良い隠し場所を選んでいるのに違ぇねぇな」

「なるほど、用心深い野郎ですね、親分！」

伊佐が軽々しく答える。

卯之吉はこのようにして二刻（四時間）ばかり、河川敷のあちらこちらに竿を立てさせて、帳面に書き記し続けた。卯之吉は、自分がやりたいことならば、どれだけ長時間の仕事でも飽《あ》きない。

見守る辰兵衛たちは、あくびなど漏らして、完全に嫌気が差した顔つきだ。

元々ヤクザ者には根気がない。

「若旦那～、そろそろ帰りましょうよ。皆さんが心配してるかも知れねぇでげすよ」

銀八も飽き飽きした、という様子であった。

二

「不味《まず》い飯だなぁ」

名主屋敷の座敷であぐらをかいて、だらしのない恰好《かっこう》で由利之丞が飯をかきこんでいる。

「もっと行儀よく食え」

水谷弥五郎が呆《あき》れ顔で窘《たしな》めた。

ご飯の食べ方には、育ちや社会階層がはっきりと出る。武士には武士の、百姓には百姓の、町人には町人の、食事作法というものがあって、見る者が見れば、どの階層の出身なのかはすぐにわかる。

「お前が飯を食う姿は、名主屋敷の者には見せられぬな」

即座に士分ではないと露顕《ろけん》してしまう。それぐらいに由利之丞の飯の食い方は汚い。外見がむさ苦しい水谷弥五郎のほうが、よほど端正《たんせい》に見えてしまうほどだった。

「それにだ。食い物に文句など言うものではない」

「だけど、こんなに不味い飯だよ？　同心サマにこんな飯を出すなんて、無礼じゃないかねぇ」

「江戸で育ったお前の舌には合わぬであろうが、この寒村では、それでも十分にご馳走《ちそう》なのだ」

「おかわり！」

「文句を言いながら、まだ食うのか」

弥五郎は突き出されたお椀を取って、米櫃《こめびつ》の飯をよそった。

由利之丞は、こんなにほっそりとした体軀《たいく》のくせに、凄《すさ》まじい大食いだ。弥五郎は八巻の手下、ということになっている。そして八巻を演じているのは由利之丞だ。由利之丞の汚い食べぶりを見せられないので名主屋敷の女たちによる給仕は断っている。弥五郎が甲斐甲斐《かいがい》しく、世話をしてやるしかない。

と、そこへ、乙名《おとな》の粟助が庭を回ってやって来た。

「おうっ、どうしたい」

即座に同心芝居に入った由利之丞が、シャッキリと背筋を伸ばし、首だけ向けて質《ただ》した。

「まったく、たいした役者だな」

弥五郎が小声でボソリと漏らす。庭の粟助には聞こえなかったようだ。粟助が、田舎の百姓らしい大声で叫んだ。

「番屋の旅人が、目を覚ましましただ！」

田舎の百姓は隣の田圃の者と会話したりするので地声が大きい。狭い長屋で暮らす江戸っ子のほうが、よほど小声で喋《しゃべ》る。

「おう。そうかい」

由利之丞は目を椀に戻して箸を使いはじめた。勢い込んでやってきた粟助は、報《しら》せ甲斐のなさに動揺している。

「あのぅ、同心様？」

「八巻氏《うじ》。怪我人から話を聞いておいたほうが良いだろう」

弥五郎がそう促《うなが》すと、由利之丞は口の中でモグモグとさせながら、

「八巻の同心様！」

「そんなら お前ぇ、行って聞いて来い」

と答えた。

口の中に物を入れたまま喋る作法は、武士はもちろん、町人にもない。弥五郎は、

（この姿、粟助の目に晒《さら》してはおけぬ）

と思い、

「畏《かしこ》まった」

急いで答えて、濡れ縁の沓《くつ》脱《ぬ》ぎ石から屋外に出た。

「番屋に案内しろ」粟助に命じる。番屋の場所などはすでにわかっているのだが、粟助をこの場に残してはおけない。我ながら阿呆らしいことだ、と思いながら雪駄《せった》を突っかけて外に向かった。

「おう、頼んだぜ！」

由利之丞の声が聞こえた。

弥五郎は番屋の障子戸を開けた。板の間に例の男が俯《うつぶ》せに寝かされている。背

中を斬られているからずっと俯せのままだ。見るからに苦しそうである。枕許《まくらもと》には五十ばかりの男が座っている。手当てをした馬医者だと粟助が言った。

農村の宿には商人や職人、医師なども暮らしているが、彼らのほとんどは農業との兼業だ。士農工商という四職があるが、よほどの大都市でもない限り、農工商は兼業が当たり前であった。猟師や漁師も多くは田畑を所持していて、獲物を捕りに出ない日には農耕をしていた。

というわけで、この馬医者も傍目《はため》には、百姓の親仁《おやじ》にしか見えない風体《ふうてい》である。

(頼りないことだな)

弥五郎はそう思った。

それはともかく、雪駄を脱いで床に上がって、怪我人の前に屈み込んだ。

すかさず粟助が叫ぶ。

「こちらは、江戸のお役人様の手下を勤めるご浪人様だよ！」

怪我人は首をよじって、弥五郎を見た。

「江戸」

怪我人の身体《からだ》がビクッと震えた。

「あなた様は、江戸のお役人様の……？」

「いかにも拙者、こう見えても、南町の同心、八巻卯之吉殿の手下を勤めておるのだ」

「南町の、八巻様……」

「そうだよ！」

粟助が大声を張り上げた。

「隠密廻のお役目で、下って来ておられるんだよ！」

「八巻様が……」

怪我人の目に生気が戻った。何事かを伝えようというのか、身を仰《の》け反《ぞ》らせて唇をわななかせた。

「に、新潟湊《にいがたみなと》の……」

「新潟湊？」

弥五郎は耳を近づけた。だが、感情が昂《たかぶ》ったことが良くなかったらしい、怪我人は「う～ん……」と唸《うな》って、伸びてしまった。

「おいおい、死んだのか」

弥五郎は焦った。馬医者も驚いて怪我人の息を探る。ホッとした様子で、

「気を失っただけでごぜぇますだ」

と答えた。

弥五郎は安堵《あんど》と、落胆と、困惑の混じった溜め息を吐き出した。

「しばらくは何も聞き出せそうにないな。否、聞き出さぬほうがよい」

「おい、どうなったよ？」

由利之丞が、同心を演じたまま、番屋の戸口から顔を覗《のぞ》かせた。

「八巻氏」

弥五郎は雪駄を履いて土間に下りると、由利之丞を連れて番屋から離れた。盗み聞きなどされていないことを確かめてから、囁《ささや》いた。

「怪我人は、何事か、容易ならぬことを伝えるために江戸に向かう途中だったらしい。わしが江戸の同心の手下だと告げたら、縋《すが》りつくような目を向けてきた」

「ふ〜ん。それであの人は何を言ったんだい？」

「新潟湊とだけ言い掛けて、また気を失ってしまった」

「ふ〜ん、どこにあるんだい、その湊って」

「越後の海だ。あの男を死なせるわけにはいかんな。何事か大事を抱えておると

見たぞ。どこかに良医はおらぬかな」

「馬医者しかいない村だよ。腕の立つ医者がいるのなら、とっくに呼ばれているだろうさ」

「あっ」

「どうしたの」

「八巻氏がおる」

「えっ、オイラ？」

「お前ではない。本物の八巻氏だ。由利之丞、しばらく怪我人を見張っていてくれ。わしは八巻氏を呼んで戻ってくる」

「満徳寺様に行くのかい。うん、それはいい考えだね。オイラもそろそろ江戸に帰りたいよ。八巻様にご褒美《ほうび》を持ってくるように伝えておくれよ」

「そんな物欲しげな真似ができるものか。それよりも、だな」

「えっ、なんだい。そんなおっかない顔をして」

「もしも怪我人が重大な秘密を知っていて、それがゆえに襲われたのだとしたら、曲者《くせもの》は必ずや、とどめを刺すために戻ってくる」

「えっ？　この村にかい」

「そうだ。わしが八巻氏を迎えに行って、帰ってくるまで、あの怪我人のことを頼むぞ」

「えッ！　刀を持った曲者が襲ってくるんだろ？　オイラにどうこうできるわけがないだろう」

「同心の八巻がこの村にいる――ということは、近在に伝わっておる。曲者はお前のことを凄腕《すごうで》の剣客同心だと思い込んでおるはずだ。得意の芝居でハッタリを利《き》かせて曲者を怯《おび》えさせておけ。さすれば曲者も手出しができまい」

「そうかな？」

「敵がよほどの剣客であれば、話はまた別だが」

「えっ」

「評判の八巻に勝負を挑んでくるほどの腕自慢でないことを祈っておれ」

「ちょ、ちょっと弥五さん！」

弥五郎は由利之丞を振り切って走り出した。

「もう！　ご褒美のこと、忘れずに伝えておくれよ！」

由利之丞が叫んだ時には、早くも村の木戸を飛び出していた。

三

夜になった。月もなく、村じゅうが真っ暗だ。貧しい村では灯の油もない。それに百姓は早朝から仕事があるので早々に寝てしまう。夜なべ仕事などはしないのだ。

一面、墨を流したような闇であった。そんな中を二人の武士が手さぐりでやってきた。

「足元が悪か。気ばつかいもんせ」

篠ノ原が言った。地面は泥だらけでよく滑る。

「さすがに将軍家の御領地は豊かな土地柄でごわすな。土が良く肥えておりもすぞ」

大男の川ノ村は、草鞋《わらじ》の底をペタペタとさせながら感心している。

島津家の領地である薩摩国と大隅国《おおすみのくに》は火山灰土で土地が瘦《や》せている。関東地方のように真っ黒で肥沃《ひよく》な土など、この二人は見たことがなかった。

「どこまでも平らかな土地で、さぞ歩き易《やす》かろうと思うてみれば、あちこちに畦《あぜ》があって歩き難か」

畦の段差がなかなかに厄介《やっかい》で、闇の中で躓《つまず》きそうになる。

「肥壺《こえつぼ》に足ば踏み入れんようにせんならん」

どこからともなく異臭が漂ってくる。

二人はノソノソと這《は》うようにしながら、宿を見渡せる場所に移動した。

「篠ノ原さぁの策が実ったとじゃ。早速に八巻が食いついて来よったと」

川ノ村は目を凝らして問題の番屋を見つめている。番屋は灯も落とされて障子も真っ暗だ。

「首尾よく進んでおるとじゃ」

「じゃっどん……」

篠ノ原は川ノ村よりは物事を深く考える質《たち》らしい。闇の中で首を傾げている。

「いかに八巻が評判の腕利き同心じゃいうてん、あまりに手際が良すぎじゃなかとか。もう嗅《か》ぎつけられるとは、尋常ではなかぞ」

「八巻は千里眼の持ち主だ、言われちょりもす。得意の千里眼で見通したんではござらんか」

「もしもそげんなら、オイたちがここば潜《ひそ》んでおることも、見抜かれておるかもわからんとじゃぞ」

川ノ村は周囲の闇に目を向けた。闇の中で八巻の両目が妖しく光って、こちらをじっと見ているような心地《ここち》がしたのだ。

八巻の目は、生霊《いきりょう》のように身体を離れて、遠方の悪事をも見逃さない。闇の中では八巻の目が、猫の目のように光っている——などとも噂されていた。

「まるで妖怪《ばけもの》ンごたある」

「案ずることはなか」

川ノ村は腰の刀の鞘《さや》を叩いた。

「八巻がどげん策ば巡らせたとて、オイが真《ま》っ向《こう》から一刀で、斬り捨ててやるとよ」

いつでもどこでも真っ向勝負。脇目をふらずに一刀の下に斬る。それが薩摩示現流なのである。

庄田朔太郎は「いよぉ」と一声、放つと、ポーンと鼓《つづみ》を打ち鳴らした。

(なんだってオイラが、こんな真似をしなくちゃあならねぇんだ)

鼓を打ちながら情けない気分になってきた。

満徳寺の境内には篝《かがり》火《び》がいくつも焚《た》かれて、夜の庭を明々《あかあか》と照らしだしている。篝火に囲まれた舞台の上では、卯之吉が、扇子《せんす》を片手にクネクネと身をくねらせていた。
（相変わらず気色の悪い踊りだぜ）
朔太郎は呆れるばかりなのだが――、本堂の屋根の下には梅白尼が座して、喜
ばしげに、卯之吉の踊りを見つめていた。
（オイラもまだまだ、通人《つうじん》の域には達していねぇみてぇだな。こんな踊りを喜ん
で踊るヤツもいれば、喜んで眺める女もいるんだってんだから）
心の中で愚痴《ぐち》ったところで仕方がない。梅白尼のご機嫌を取ることも、寺社奉
行所の大事な役目だ。心を無にして鼓を打つ。
梅白尼に仕える尼僧たちも、元々は大奥に仕えていた女中たちだ。芸事ならば
一通り習っている。太鼓や鉦《かね》、横笛などを奏でている。
芸事ができない娘は大奥では雇ってもらえない。江戸時代の音楽はすべてが生
演奏だ。流行《はや》り歌のひとつも聞きたいと思ったら、誰かに演奏させなければなら
ない。楽器の演奏や歌や踊りは、女中たちの大切な仕事であったのだ。
というわけで、尼僧たちは実に巧みに楽器を弾きこなしている。
実は、武士たちも、楽器のひとつぐらいは巧みに奏でることができなければな

らなかった。宴会で、お奉行様の歌に合わせて伴奏するぐらいのことができないようでは出世にかかわる。

織田信長《おだのぶなが》は謡《うたい》が好きで、自身も小鼓の名手であった。柴田勝家《しばたかついえ》も羽柴秀吉《はしばひでよし》も、楽器の一つぐらいは演奏できたはずなのだ。

という次第で庄田朔太郎は尼僧たちと一緒に鼓を打っている。卯之吉はますます良い調子になってきて、念入りにクネクネと身をくねらせ続けた。

「おお！　見事であった！」

卯之吉が舞い終えると同時に、梅白尼が手を叩いた。

「町方同心に、これほどの舞いの名手がおったとは！　さすがは江戸の町奉行所じゃ。妾《わらわ》は満足ぞ！」

梅白尼も元は江戸の町娘。口調は重々しいけれども、性根は軽薄である。

（この和尚《おしょう》、卯之さんといい合口《あいくち》だぜ）

朔太郎はそう思った。

尼僧たちも微笑《ほほえ》み交わしている。寺では念仏三昧《ざんまい》の暮しだ。一時、元の華やかな大奥暮らしを思い返しているのに違いなかった。

「まことに見事。同心にしておくのが惜しい」

「かような隠密廻同心であるのなら、いつでも廻って来てほしいものじゃ」

梅白尼たち尼僧は、卯之吉が南町奉行所の隠密廻同心だということを知っている。朔太郎がそう告げたからだ。

（このオイラでさえ、卯之さんが何者なのかわからなくなってきたぜ）

気をつけて喋らないといけない。卯之吉はいい気なものだが、朔太郎は身の細る思いだ。

「それでは、次は、あっしの出番でございますでげすよ！」

卯之吉に代わって銀八が勇んで舞台に飛び出した。なにやら珍妙な歌と踊りを開始する。

朔太郎は首を傾げた。

（卯之さんの踊りの良さもわからねぇが、コイツの踊りもよくわからねぇ）

粋の極みに達した者ならば、この踊りの良さがわかるのだろうか。そう思って梅白尼の表情を覗きこんだ。

梅白尼にも銀八の芸は理解できなかったらしい。みるみる顔つきが険しくなると、

「もうよい。下がれ」

厳しい声で命じて、銀八を舞台から去らせた。

銀八は、

「こいつぁ、とんだお叱りだ」

滑稽《こっけい》な仕種《しぐさ》で舞台を下りたが、見ている朔太郎のほうが心が痛む。痛々しくてたまらぬ心地となってしまった。

そこへ美鈴が庭に入ってきて、卯之吉の耳元で何事か囁いた。

卯之吉がチラリと美鈴を見上げた。

「水谷様が？　ああ、そう。それじゃあこちらに入っていただいて」

朔太郎は首を傾げた。

(水谷弥五郎が来たのか。こんな夜更けに。何用だろう)

美鈴は「弥五郎さんをここへ？　それはちょっと気まずいのでは……」などと、居並ぶ尼僧たちに気をつかう様子で囁いている。

(まったくそのとおりだよ)

弥五郎のような、むさ苦しい浪人者が入ってこられる場ではない。

しかし卯之吉は、

「無礼講でございますから、皆さんで楽しみましょう」

などと、とんでもない事を言い出した。

（おいおい、ここは吉原じゃないんだぞ）

朔太郎は思ったけれども、卯之吉は言い出したらきかない性分――というより、自分の非常識が理解できない性分だ。

仕方なさそうに美鈴は戻り、代わりに弥五郎が入ってきた。入ってきたのだが、庭に一歩踏み込むなり、ギョッとして足を止めた。

（さしもの人斬り浪人でも震えが来たか）

朔太郎は弥五郎が気の毒でならない。徳川家の御位牌所などに踏み込んで、高貴な尼僧たちから目を向けられれば、所詮《しょせん》は痩せ浪人。緊張しきって一歩も動けぬようになってしまうだろう。

（それにアイツは女が苦手だからなぁ……）

ますます哀れだ。

「ああ、水谷様、こちらへどうぞ」

卯之吉が手招きをする。しかしすかさず、梅白尼に仕える秀雪尼《しゅうせつに》が、

「徳川家御位牌所、御住職様の御前《ごぜん》なるぞ！　控えィ」

と叱責《しっせき》した。

「ハハッ」と土下座しようとする弥五郎を制して、

「無礼講でございますから、どうぞ皆様、お気になさらず」

と笑顔で卯之吉が言った。

(気にするかどうかは、お前さんの決めることじゃねぇ)

朔太郎は呆れた。

卯之吉も呑気《のんき》だが、梅白尼も江戸の町娘らしい気楽さで、

「まぁよいわ。して、その者は誰《たれ》じゃ」

などと質した。

「ええと、この御方はですねぇ――」

卯之吉が何を言い出すのかわからないので、朔太郎は急いで答えた。

「八巻殿の下で働く密偵にございます」

「左様か」

梅白尼は不思議そうに、闖入《ちんにゅう》してきた弥五郎を見ている。卯之吉は薄笑いを浮かべながら、

「水谷様は、剣詩舞《けんしぶ》の名手でいらっしゃいますよ」

などと埒《らち》もないことを言った。

「左様か。ならば所望《しよもう》いたす。一差《ひとさ》し舞いやれ」

「……なんと？」

弥五郎はギョッとしている。

一方の卯之吉は邪気のない笑みを浮かべている。

「ご住職様のご所望にございますよ。さぁさぁ水谷様。お得意のところを」

「いや、今はそれどころではないのだ」

弥五郎はなにやらゴニョゴニョと物言いたげだが、将軍家御位牌所の住職には逆らえない。

「……その前に酒を所望」

庭の隅に置いてあった銚釐《ちろり》の酒を手酌《てじやく》で盃《さかずき》に三杯ばかり飲み干すと、覚悟を決めた顔つきで舞台の真ん中へと進んできた。

剣詩舞は詩吟《しぎん》に合わせて踊る（剣の型を見せる）という芸だ。卯之吉は続いて朔太郎に笑顔を向けた。

「詩吟は朔太郎さんにお願いしますよ」

「オイラが？　いや、拙者が？」

「詩吟などという堅苦しい芸事がおできになるのは、お侍の朔太郎さんしかいらっしゃらないでしょうに」

梅白尼もこっちを見ている。どうやらやるしかないようだ。

「しからば『題不識庵撃機山図《ふしきあんきをうつのずにだいす》』を仕《つかまつ》りまする」

「おう。しっかりやれ」

梅白尼が上機嫌で頷《うなず》いた。

「鞭声《べんせい》～粛々《しゅくしゅく》～、夜～河を過《わた》る～」

オイラは上州まで来て何をやってるんだ、と、思いつつ、自棄《やけ》っぱちで唸っているうちに、根は遊び人だ。だんだんと楽しくなってきた。水谷弥五郎もさすがの剣客で、歌に合わせて刀を振るって、ピタリ、ピタリと型を決めていく。

「暁《あかつき》に見る～、千兵の～」

「いよっ！　さすがっ！」

「大牙《たいが》を擁するを～」

「憎いよっ！」

ヨイショを入れてくる銀八が邪魔《じゃま》で邪魔で仕方がないが、まあまあ興も乗ってきた。

四

「はぁ？　曲者に斬られたお人がいらっしゃるのですか」

卯之吉がとぼけた顔で首を傾げた。

「なぜ、そんな大事な話を、すぐに我らに告げんのだ！」

驚き慌てた朔太郎が詰め寄ると、弥五郎は鬼のような形相で睨《にら》み返してきた。

「わしに剣詩舞なんぞを踊らせたのは、そっちであろうが！」

宴《うたげ》が終わって三人は境内《けいだい》に建つ寺役所に戻った。そこでようやく弥五郎が、ここに来た理由を告げたのである。

「まぁまぁ」と卯之吉がニヤニヤしながら、二人の間に割って入った。

「梅白尼様のご機嫌をとるためにございますよ。水谷様に悪気はございませぬ」

「卯之さんがいちばん悪い」

「そのとおりだ！」

二人に挟まれて難詰されても、卯之吉は（なにをそんなに怒っているのかわからない）という顔で笑っている。

「まぁまぁ。水谷様のお話を聞きましょう。で？　そのお人は、二里ばかり先の村の宿で、ご養生をなさっておいでなのですね」

「そうだ。すぐにも良医の手当てがいる。この近在で良医といえば、お主しかおるまい」

「あたしが？　いやですねぇ。銀八よりも下手くそなヨイショでございますよ、水谷様」

「ヨイショなどはしておらぬ。ともかく、まともな医者の手当てがいるのだ。その怪我人は、何事か大事を隠しておる」

朔太郎も話を飲みこんで、頷いた。

「もしかすると、公儀の隠密かもしれねぇな」

「死なせるわけにはいくまい」

「いかにもだ。おい、卯之さん、ひとっ走り駆けつけるぞ」

「はぁ」

卯之吉は話を理解しているのか、いないのか、気が進まない顔つきだ。

「それなら駕籠《かご》を呼んでください」

「駕籠だぁ？」

朔太郎は耳を疑った。

「こんな在郷に駕籠かきなんかがいるわけなかろう」

「二里も歩くなんて、あたしの足では無理でございますよ」

「一日中、遠くまで出掛けては、踊り回っているじゃねぇか！　二里ぐらい、歩けねぇとは言わせねぇぞ」

「そりゃまあ、踊りなら、何里でも踊ってご覧に入れますけどねぇ」

「四の五の言わずに行くぞ！」

朔太郎に襟首を摑まれて引っ張られて、卯之吉はズルズルと役所の外に出た。

庄田朔太郎と水谷弥五郎が闇の中を進む。その後ろには卯之吉と、お供の銀八、さらには美鈴が従っていた。

「本当に皆さん、物好きが過ぎますねぇ。こんな夜更けに出歩くなんて」

卯之吉が呆れた口調で言う。皆、「卯之吉ほどには物好きではない」と言いたかったであろうが、黙って歩いた。

「若旦那、道を踏み外したりしねぇでおくんなさいよ」

銀八が提灯《ちょうちん》を差しかける。それでも卯之吉は何度も躓《つまず》いて転びそうになった。平らな道でも転びそうになる、という不思議な男なのであった。

銀八は大きな風呂敷包みを背負っている。

最後尾を歩む美鈴は、背後に神経を尖《とが》らせている。武芸者としては当然の用心だ。

「あれは、なんでしょう」

彼方《かなた》を指差して言った。

「えっ、なんでげすか？」

銀八が伸び上がって目を凝らすが、何も見えない。

「人影がいくつか、見えたような気がしたのだけれど……」

美鈴にも、はっきりとは見えなかったようだ。

「お百姓衆の夜回りじゃねぇんでげすかね。これ以上に堤が切れやしねぇかと心配して見張ってるんでげす」

「なるほど」

先頭を行く弥五郎が、道の先を指差した。

「宿はあそこだ。気が利くな。火を灯《とも》してある」

村の入り口に灯火が立ててあるようだ。

「ああ、やっと着きましたか。これで寝られる」

卯之吉は眠そうに目を擦《こす》った。このところ昼間に踊り歩いているので、すっかり昼夜逆転の（卯之吉にとっては）暮らしなのだ。夜になると眠くなる。

「寝られては困る。怪我人の手当てが先だ」

「ああ、そうでしたっけねぇ。ふわあああっ」

卯之吉は人目も憚《はばか》らず大あくびをした。

一行は宿の番屋に入った。途端に、中にいた由利之丞が血走った目を向けてきた。

「弥五さん、心細かったよ！」

「由利之丞、すまなかった。このわしとて、お前のことが心配で、胸の張り裂ける思いだったのだぞ」

「そういうのは余所《よそ》でやってくれ」

朔太郎は二人をどかして床に上がった。

「斬られたってのは、この男か」

枕許に膝をついて、怪我人の様子を探る。

「なるほど、コイツぁ酷《ひで》ぇな」

「どれどれ」

卯之吉も興味津々に上がってきた。怪我人を見た途端に、目もパッチリと冴えてきたようだ。

「すまないですがね皆さん、行灯《あんどん》を集めておくれな。行灯がなければ提灯でもいいよ」

「おう。村中から、かき集めよう」

弥五郎と由利之丞が表に出て行く。美鈴も、「わたしも」と走り出た。

「銀八、荷を下ろしておくれ」

「へぇい」

銀八は背負ってきた風呂敷包みを床に下ろした。中には木箱が入っていて、その中には薬が納められていた。

「満徳寺様ほどのお寺様なら、きっと薬が置いてあると思いましたからね」

卯之吉は軟膏《なんこう》を入れた蛤《はまぐり》の貝殻《かいがら》を手に取って、張られた付箋《ふせん》に書かれた薬名を確かめ始めた。

「だがよ卯之さん、それは漢方薬だろう」

卯之吉は、蘭方医の修業をした身だ。

「まぁ、なんとかなりましょうよ。酒屋はありますかね。一番値の張る焼酎《しょうちゅう》を買ってきておくれな」

「へい。あっしが」

銀八が外に出た。

弥五郎たちが行灯を両腕に抱えて戻ってきた。ついでに一人の老人を連れてきた。弥五郎が紹介する。

「この村の名主の鯉左衛門どのだ」

「行灯を並べておくれ」

卯之吉はすっかり夢中になっている。鯉左衛門にはまったく関心を示さない。

仕方なく朔太郎が答えた。

「拙者、満徳寺様に出役《しゅつやく》しておる寺社奉行所の庄田朔太郎だ。こっちのは、蘭方医のセンセイだ」

鯉左衛門が畏《かしこ》まって低頭する。

「夜分にもかかわらず、とんだご足労をおかけいたしました」

「なぁに。こっちが勝手に押しかけてきたんだ。そっちこそ変な刃傷沙汰《にんじょうざた》に巻き込まれた挙げ句、怪我人まで抱えて、難儀なことだったたな」

「恐れ入りまする」

銀八が焼酎を入れた貧乏徳利《どっくり》を抱えて戻ってきた。卯之吉は怪我人の着物を剥《は》いでいる。血を吸った布地が固くなって脱がすのが難しい。

「切ってしまいましょうかね」

「それならばわたしが」

美鈴が短刀を抜いて、巧みに布地を切り裂いた。男の背中の切り傷が露《あらわ》になった。

背中が大きく斜めに切り裂かれている。その痛々しさに、美鈴は思わず顔を背けた。

「銀八、提灯を近づけておくれ」

「へいへい」

傷が明るく照らされた。卯之吉は顔を近づけて、しげしげと眺め、指で触ったり、臭いを嗅いだりした。

鯉左衛門は感心しきりだ。

「ずいぶんと熱心なお医者様でございますなぁ」

「アイツは、怪我人や病人をいじくりまわすのが何より好きなんだよ」

朔太郎が褒めているのか揶揄《やゆ》しているのか、判断の難しい口調で答えた。

「ええと、縫い針と糸を持って来てください」

卯之吉が言って、鯉左衛門が、

「それなら、隣の家にありましょう」

そう言って出て行った。隣家はすでに寝ついているらしい。鯉左衛門は戸を叩いて起こすと、裁縫箱《さいほうばこ》を持って戻ってきた。

卯之吉は銀八が買ってきた焼酎を湯呑茶碗に注いだ。中に針と糸を沈める。傷口には金瘡《きんそう》の薬を塗りこんだ。怪我人が激しく呻《うめ》いた。

「押さえて」

「任せろ」

弥五郎と美鈴が怪我人の腕を取って押さえ込む。武芸者の押さえ込みなのでガッチリと関節を固めた。

「腕など折らぬように気をつけてくださいましよ」

卯之吉が楽しそうに言いながら、焼酎で湿らせた縫い針を取った。チクチクと傷口を縫っていく。

「ほほほ。楽しい！」

本心から嬉しそうに笑っている。怪我人が暴れようとすると馬乗りになって尻に敷き、さらにザクザクと縫い進めるのだ。

「見ていられねえでげす」

「わ、わたしも……」

銀八と美鈴は顔色が真っ青だ。蘭方医学は本当に恐ろしい。悪鬼《あっき》の所業としか思えない。

「さぁ、縫いあがった！」

仕立て職人みたいな物言いをしながら、卯之吉が傷口に焼酎をたっぷり浴びせかける。傷口にしみたのだろう、男は絶叫し、ついには気を失った。

「気を失いましたか。ちょうどよかった。寝かせておけばいいでしょう」

卯之吉は晴々とした顔つきで土間に下りた。

「井戸に案内しておくれ。手を洗いたいからね」

鯉左衛門が、

「へ、へい。こちらで……」

蒼白《そうはく》な顔で案内する。ここにいる者たちの中でいちばん恐ろしいのは、寺社奉行所の役人でも、武芸者の二人でもなく、卯之吉であると見抜いた様子であった。

五

篠ノ原と川ノ村が闇の中を疾駆《しっく》している。

「八巻の手下が人を集めて戻って来たようだぞ」

篠ノ原は多少、困惑した様子で言った。

しかし川ノ村はまったく意に介することもなく、野生の獣《けもの》のようにまっしぐらに走っている。

「かえって都合がよかでごわす。仲間ン衆も殺しもそう」

示現流に躊躇《ちゅうちょ》はない。ただ一刀、斬り込むのみだ。

「こん御下命《ごかめい》ば、賜《たまわ》った時から、オイの命はないものと心得ておりもす」

川ノ村は宿に入った。番屋に向かって駆けていく。

と、その時であった。突然に闇の中から、たすき掛けして尻《しり》っ端《ぱし》折《よ》りしたヤクザ者たちが十人ばかり、飛び出してきて川ノ村の前に立ちはだかった。

「意外と大人数でごわすな。こいが八巻の手下でごわすか」

川ノ村と篠ノ原は、少しばかり驚いて足を止めた。

「川ノ村どん。これが噂に聞く荒海一家かもしれん」

八巻は江戸の俠客一家を子分として従えていると耳にしている。

そのヤクザ者たちの、親分らしい男が踏み出してきて叫んだ。

「オイラァ、深谷宿《ふかやしゅく》の俠客、伝吉だ！　田舎侍どもめ、よくもオイラのセンセイを殺しやがったな！　一家の用心棒があんな無様な姿を街道の真ん中で晒《さら》しちまったんじゃオイラの立つ瀬もなくならあッ。男が下がって睨みも利かねぇッ。ここはどうでも、センセイの仇《かたき》を討たせてもらうぜッ」

長々と啖呵《たんか》を切った。川ノ村と篠ノ原は互いに顔を見合わせた。

「篠ノ原さぁ、あん男は、何ば言うとるとでごわすか？」

「ううむ……、どうやら、お主《んし》が斬った籠《こも》り者と関わりがあるらしかぞ」

川ノ村は、「ああ」と納得した顔をした。

「そいで、仇討ちを狙っとるとでごわすか」

急に大笑いをした。

「八巻ばこっそり見張っておったつもりが、オイたちのほうが、こっそり見張られておったとでごわすか。こいつはおかしか！　ははははは！」

「何を笑っていやがる！　笑っていられるのも今のうちだぜ！」

深谷ノ伝吉と子分衆は、一斉に長脇差《ながどす》を抜き放った。闇の中で何本もの刃《やいば》がギラリ、ギラリと光った。

それよりも少し前――。

怪我人への施術を終えた卯之吉は、番屋の板敷きに端正に座って、残りの焼酎を啜《すす》っていた。

「ああ美味《おい》しい。久しぶりのお酒はいいものですねぇ。五臓六腑《ごぞうろっぷ》に染み渡るとは、こういうことを言うのでしょうかねぇ」

本当に嬉しそうに笑っている。

「どれ、オイラもお流れを頂戴」

朔太郎が手酌で貧乏徳利を傾けて、湯呑茶碗に注いで口に含んだ。

そして「ブッ」と吐き出した。

「酷《ひで》ぇ酒だ！　よくこんな物を飲めるな！」

江戸の遊里で出される酒は下り物の諸白《もろはく》だ。美酒に慣れた舌は、地回りの焼酎など受けつけない。

「銀八の芸を喜んだり、こんな不味い酒を美味《うま》そうに飲んだり……。本当にお前ぇさんは変わり者だぜ」

卯之吉は、

「いらないのなら、あたしが全部飲んじゃいますよ」

などとかえって嬉しそうにしている。

「満徳寺様はたいへんに結構なお寺様ですがね、お酒を置いていないのが、珠《たま》に瑕《きず》ですからねぇ」

「坊主は戒律で飲酒を禁じられてる。尼僧も同じだ。寺に酒があるわけがねぇ」

朔太郎は、続いて怪我人に目を向けた。

「それで、こいつの傷はどうなんだい。卯之さんの見立を聞かせてくれ。こいつはいつごろ口が利けるようになるかね？」

「ああ、そのことなんですけどね」

卯之吉が何事かを言いかけたその時であった。番屋の前の道を駆け抜ける、大人数の足音が聞こえてきた。

「なんだ？　騒々しいな」

朔太郎が戸口に顔を向けた。その時、

「オイラァ、深谷宿の俠客、伝吉だ！　田舎侍どもめ、よくもオイラのセンセイを殺しやがったな！」

巻き舌の啖呵が聞こえてきた。

卯之吉はニコニコしながら朔太郎に質した。

「ねぇ朔太郎さん、あたしたちはいつ、伝吉さんとやらのセンセイを殺しましたかね？」

「オイラは知らねぇよ。弥五郎がやった事じゃねぇのか」

朔太郎は（また面倒事かよ）と嫌気の差した顔で答えた。卯之吉は微笑みながら不味い焼酎を口にし続けている。

番屋の裏口から美鈴が飛び込んできた。

「旦那様！」

早くも袖を襷《たすき》で絞っている。

「旦那様の身はわたしが守ります！　とりあえず、裏口へ！」

卯之吉は笑顔で美鈴を見上げた。

「どうやら人違いのようですよ」

飲み始めると途端に腰が重くなる。酒が残っている限り、腰を上げそうにない。

「なんの騒ぎだ！」

水谷弥五郎が夜道を振り返って叫んだ。

弥五郎と由利之丞は名主屋敷に向かう途中であった。由利之丞の身分は同心ということになっているので、屋敷に寝床を与えられている。

「敵の襲撃らしいぞ。八巻氏が危ない！」

弥五郎は刀の鞘に反りを打たせて踵《きびす》を返した。

「わしは八巻氏の許に駆けつける！　お前はどこかに隠れていろ！」

「う、うん……。若旦那が殺されたりしたら、ご褒美を頂戴できなくなっちまうからね。頼んだよ弥五さん」

「ここではお前が〝南町の八巻〟だということを忘れるな！　曲者どもの狙いが〝南町の八巻〟だとしたら、襲われるのはお前だ」

由利之丞が「ひえっ」と悲鳴を上げる。それにはかまわず弥五郎は、刀を握って駆けだした。

「川ノ村どん！　オイどもの狙いは八巻じゃ。ヤクザ者にかまっている暇はなかぞ！」

「そうは言われても篠ノ原さぁ、降りかかる火の粉は払わねばならんとよ」

川ノ村は長大な同田貫《どうたぬき》を引っこ抜いた。

「ちぇーすっど！」

熊のように突進した。薩摩人に特有の掛け声で振り抜く。

「ぎゃあっ！」

ヤクザ者の一人が胴を下から斜め上に斬り上げられた。さらに川ノ村の体当たりを食らって真後ろに一間も吹っ飛んだ。斬られた傷口から、大量の血と腸《はらわた》を噴き出しながらだ。

ちょうど番屋の障子戸が開いて、刀を手にした美鈴が出てきた。その美鈴の目の前での惨劇であった。

美鈴は円《つぶ》らで睫毛《まつげ》の長い両目を見開いた。さしもの美鈴でも、これほどまでに凄《すさ》まじい斬撃を見るのは初めてだ。

「野郎ッ、手強《てごわ》いぞ！」

伝吉親分が叫んだ。

「取り囲めッ。槍《やり》で突くんだ！」

子分衆は手に手に竹槍を握っていた。先端を斜めに切って尖らせてある。

伝吉一家は喧嘩《けんか》に慣れているらしい。武芸者の突進を止めるには、槍を並べるのが有効だと知っていた。

「それ突け！　やれ突け！」

伝吉の声に合わせて子分たちが槍を突き出す。

「しぇからしか！」

川ノ村は同田貫で切り払った。突きつけられた竹槍がスッパリと切られて短くなった。

川ノ村は竹槍をどんどん切り落としながら突き進む。ヤクザ者たちは、手持ちの竹槍を短く切り詰められて、動揺しながら後ずさりをした。

「いったい、何者と何者が戦っておるのだ？」

駆けつけてきた弥五郎は、意外に過ぎる光景を目にして茫然《ぼうぜん》となった。

侍二人とヤクザ者の一家が斬り合いをしているのだが、どちらもまったく見覚えがない。

「あやつら、なにゆえにここで斬り合いなど始めたのだ？」

もしかすると自分たちとはまったく関わりのない話なのであろうか。そうだとしたら、無関係の喧嘩に突っ込んでいくのは馬鹿みたいである。

「ともあれ、八巻氏を探さねば」

どちらにせよ、番屋には向かわねばならない。

篠ノ原は背後に迫る足音に気づいて振り返った。

「八巻の手下の浪人だ！」

弥五郎を見て叫んだ。

川ノ村はヤクザ者の竹槍の衆を追い詰めつつあったが、首をよじって弥五郎を見た。

「ああ、そっちにいたのでごわしたか。とんだしくじりでごわす」

ヤクザ者たちに堂々と背中を晒して弥五郎に向き直る。ヤクザ者たちはその背中を攻めるどころか、死地を逃れた心地でその場にへたりこんだ。

「今のを聞いたか、卯之さん！」

朔太郎が卯之吉の袖を引いた。

ヤクザ者のほうは、なんだかわからないが、侍のほうは、卯之吉をつけ狙っていたらしいと知れた。

銀八が裏口で手招きしている。

「若旦那！　こっちから急いで逃げるでげすよ！」

卯之吉は「ああ、そうかね」と言って、ようやく重い腰を上げた。

第四章　暗　闘

一

水谷弥五郎は、その男が容易ならぬ強敵であることを察した。

身の丈は優に六尺を超える。弥五郎も大柄な男だったが、さらにもっと背が高く、身幅も大きい。

(まるで熊のようだな)

弥五郎はそう感じた。

大男は刀を握ってはいるが、身構えてはいない。闘志だけを剝《む》き出しにして、巨体を武者震《むしゃぶる》いさせている。

(やはり、野山に生きる熊だ)

弥五郎は廻国《かいこく》の武者修行の最中で、何度か本物の熊と出くわしたことがあった。熊には〝構え〟などというものは存在しない。ただ牙を剝いて襲いかかってくるだけだ。

弥五郎は思った。

（この男に似ている）

弥五郎は正眼に構えた。互いの距離は三間（約五・四メートル）。切っ先を相手の目につける。相手の突進を牽制《けんせい》するためだ。切っ先をチラチラと振れば、たいがいの相手は視界を幻惑されて苛立《いらだ》ち始める。

ところがこの大男には、小細工は一切通用しなかった。弥五郎が刀を構えているのに、自分では刀を構えようともしない。ただただ、闘志を総身《そうしん》から燃え上がらせている。

（やはりこの男は獣《けもの》だ）

弥五郎はますます確信した。野生の獣は、こちらが構えていようが、いまいが、お構いなしに襲いかかってくる。

（来るぞ……！）

男の巨体で斬撃の気が大きく膨れ上がった。カッと双眸《そうぼう》が燃え上がったように見えた。大刀が大上段に振り上げられる。男の腰がグッと沈んだ。

斬撃が来る。弥五郎は己の刀で受けるべきか、それとも後ろに下がってかわすべきか、一瞬、迷った。その刹那《せつな》——、

「ドサンピン！　俺を置き去りにして勝手に試合なんか始めるんじゃねぇッ。この場は俺の出入りだぜ！」

尻っ端折《しりばしょ》りした俠客《きょうかく》が二人の間に割って入った。長脇差《ながどす》を熊男に向ける。

「俺と勝負をしやがれッ」

熊男には、なんの駆け引きもなかった。

「チュ——イッ！」

大上段に振りかぶった刀を力任せに振り下ろす。

俠客も喧嘩《けんか》殺法ながら実戦を踏んでいたようだ。

「オウよッ！」

長脇差を振り上げて熊男の斬撃を受けようとした。

次の瞬間、俠客の長脇差が真っ二つに折れた。

熊男の斬撃が俠客の頭を深々と断ち割る。

「ぐわぁぁっ！」

侠客の頭から血飛沫《ちしぶき》と脳漿《のうしょう》が飛び散った。

侠客の身体《からだ》が真後ろにドーンと倒れた。地べたの上で身体がビクビクと、断末魔の痙攣《けいれん》を繰り返している。脳を壊されて即死したのだが、心臓だけが暫《しば》し止まらずに脈動しているのだ。

（なんと凄まじい剣だ！）

弥五郎は戦慄《せんりつ》した。

弥五郎は生まれながらの浪人で、若き日は剣の修行のために、ある時期からは身過ぎ世過ぎのために、諸国を放浪し続けた。様々な流派の剣客たちを見てきたし、戦ってもきた。

それでもこのような凄まじい剣術を目にしたのは初めてだ。

（構えがない。一心に斬りつけてくる）

構えとはすなわち防御のことだ。剣術はどの流派であれ、まずは我が身を守るために刀身を身体の前で構える。

ところが、この熊男の剣術は、刀身で自分を守ることなどまったく考えていない。刀を武器としてしか扱っていない。

（介者剣術《かいしゃけんじゅつ》か！）

介者剣術とは、戦国時代に鎧《よろい》兜《かぶと》を身にまとった武者たちが使ったとされる武術である。我が身は鎧と兜で守っているので、刀で敵の攻撃を防ぐ必要はない。すなわち刀は武器としてのみ使う。——そういった伝統を受け継ぐ流派であるようだ。

（これは手強《てごわ》いぞ）

江戸時代に興隆《こうりゅう》した素肌《すはだ》剣術（介者剣術の対義語で、素肌とは鎧を着けていないという意味）とは勝手が異なる。

弥五郎ほどの剣客が、おもわずタジタジと後退して距離をおいた。

侠客を一撃で惨殺した熊男は、更《あらた》めて弥五郎に向き直った。

「次はおんしじゃ」

血まみれの刀を上段に振り上げる。弥五郎は咄嗟《とっさ》に刀を構えた。

そこへ美鈴が突進してきた。

「弥五郎殿ッ、助太刀！」

熊男が気づいてサッと体《たい》を返した。巨体であるのに素早い身のこなしだ。美鈴を睨《にら》んで叫ぶ。

「青二才《あおにせ》がッ」

元服《げんぷく》前の若者に見えたのだろう。しかし情け容赦《ようしゃ》はない。大刀をブンッと唸《うな》らせながら斬りかかった。

美鈴が刀を合わせる。

（いかんッ）

弥五郎は思った。美鈴の細腕では熊男の斬撃を受け切れない。刀ごと圧《へ》し斬られる。

熊男の大刀が鋼《はがね》色の残像を描いて美鈴に伸びる。美鈴は刀身で迎え撃った。

ギインッと凄まじい金属音が耳をつんざく。美鈴の刀が宙を飛んだ。

刀身が折れたのでも、美鈴の手から打ち落とされたのでもなかった。美鈴は自分から手を放して刀を捨てたのだ。

美鈴の大刀は目眩《めくら》ましであった。素早く脇差しを抜くと熊男の懐《ふところ》に飛び込んだ。脇差しを使った居合斬りである。

「ぬうッ！」

熊男は刀の柄《つか》を握ったまま、拳で美鈴の身体を突き飛ばした。美鈴は怪力には逆らわず、真後ろに飛んで逃げた。

美鈴の短刀には血の色がついている。熊男の着物の腹部が裂けていた。熊男は歯嚙みしながら、美鈴を睨んだ。

「……稚児《ちご》のごつある」

さらに殺気をみなぎらせた。

「しぇからしか！」

熊男が必殺の斬撃を繰り出そうとしたその時、

「親分の仇《かたき》だ！」

ヤクザ者たちが一斉に群がってきた。

「ぬうっ！　邪魔《じゃま》ばするとか！」

熊男は刀を振るってヤクザ者を三人ばかり、一度に跳ね返した。それでもヤクザ者たちは怯《ひる》まない。次々と襲いかかっていく。さながら熊に群がる蜂のようだ。

ヤクザ者の社会には厳しい掟がある。喧嘩出入りで親分を殺されてしまったら最後、おめおめと逃げ帰ることはできない。

ヤクザの世界は男伊達《だて》がすべてだ。男が立っていない負け犬は、誰からも相手にされなくなり、ついには餓死することになる。死に物狂いで親分の仇を討つしかない。

　ヤクザ者たちは仲間が斬られても臆することなく攻めかかっていく。これにはさしもの熊男も辟易《へきえき》とさせられている様子であった。

（今のうちだ）

　弥五郎は美鈴に駆け寄る。

「大丈夫か！」

「ええ」

　美鈴は急いで立ち上がる。

「旦那様はすでに逃れました」

「それは重畳《ちょうじょう》だが、あの怪我人はどうした。あの大男は、怪我人の口を封じに来たのに違いあるまいぞ」

「怪我人のことまでは、手が回りませぬ」

　美鈴が案じているのは、愛する卯之吉のことだけだ。

　ヤクザ者の一家と熊男の死闘は続く。さらにはズドーンと鉄砲の音まで響きわたった。

　二人は急いで身を伏せた。

「俠客一家め、猟師から鉄砲を借りてきたのか」

確かに、熊を仕留めるためには必要な道具だろう。

その隙《すき》に美鈴は番小屋の裏に走っていった。卯之吉の逃走を助けるために違いない。

鉄砲の音は、長々とした間を隔《へだ》てて、何度も撃ち鳴らされ続けた。熊男が逃げていく。その背後には、俠客一家のほぼ全員の骸《むくろ》と、怪我人が残された。

死に切れずにいる者のうめき声が、宿のあちこちから聞こえた。

二

「なんてぇ騒ぎだい」

翌朝、荒海ノ三右衛門が宿に乗り込んできた。道端《みちばた》に転がる死体の群れを見て顔色を変えている。

「旦那は、旦那はご無事か！」

卯之吉の身を案じて叫び声を上げた。美鈴と同じで三右衛門も、卯之吉の御身《おんみ》大事で胸がいっぱいなのだ。

番屋の障子戸が開いて、卯之吉が薄笑いを浮かべながら顔を出した。

「あたしなら、このとおり、なんともないよ」

「旦那！　よくぞご無事で……って、当たり前《め》ぇだ。旦那ほどの使い手が、これしきの騒ぎで後れを取るはずがなかったんだ」

三右衛門は自分の軽率を恥じて、面目《めんぼく》なさそうな顔をした。

思い込みとは恐ろしいもので、三右衛門はこの期に及んでもまだ、卯之吉のことを剣術の達人だと信じている。

卯之吉も薄笑いを浮かべているだけで否定はしない。いちいち誤解を解くのが面倒臭いという、極度にものぐさな性分だ。

そんな二人を朔太郎が呆《あき》れ顔で見ている。

しかし、まぁ勘違いしても無理はない——と、朔太郎も思わぬでもない。武闘派で知られ、喧嘩出入りに明け暮れていた荒海一家の侠客たちですら顔色を変える、凄惨《せいさん》な光景が広がっているというのに、卯之吉はエヘラエヘラと笑っているのだ。

（この余裕は只事《ただごと》じゃねぇぞ）

剣豪の風格だと誤解されても、仕方がない。

朔太郎はあらためて宿の様子に目を向けた。

深谷宿ノ伝吉と、一家の子分たちの死体が転がっている。頭骨を粉砕されたり、腕を斬り落とされたり、肺腑や臓物を飛び散らせたり、目も覆うばかりだ。道に面して建ち並んだ家屋の壁には、血飛沫はもちろん、耳や鬢《びん》などがベッタリと張りついていた。

「なんだって卯之さんは、平気でいられるんだ」

朔太郎は卯之吉に訊ねてみた。卯之吉は、さも当然、という顔つきで、

「蘭方医の修業で慣れちゃいましたからね」

と答えた。

「自分で患者を切る時は、さすがに気が張りつめますけれども、切られたお人を見るのは、なんともないです」

などと涼しい顔で嘯《うそぶ》いた。

(ここは診療所じゃねぇし、コイツらは治療のために切られたんじゃねぇぞ)

朔太郎はそう言い返したかったけれども、卯之吉に何を言っても無駄だとわかっているので、あえて黙っていることにした。

いずれにしても、死んでしまった人間は、糸と針とで縫いつけることもできない。

「お墓掘りのお人は、大仕事になりますねぇ」

「その前ぇ《め》に、役人が大仕事だろ」

卯之吉は自分が役人だという自覚がまったくない。検屍《けんし》をしようというつもりもないらしい。

荒海一家は死体を一通り見て回ってから、卯之吉と朔太郎の前に集まって来た。

三右衛門が卯之吉に尋ねる。

「深谷宿ノ伝吉一家は、なんだって、こんな所で殺されたんですかえ」

「うん、それがねぇ……、あたしにも事情がはっきりとわからないんだけれど、南町の八巻様を殺しに来たっていうお人と、こちらの俠客のご一家には、遺恨があったようなんですよ」

その説明じゃあ、さっぱりわかるまい、と思った朔太郎は、昨晩に見聞きした出来事を、かい摘《つま》んで三右衛門に教えてやった。

「……というわけでな、このヤクザ者を斬った侍は、卯之さんをつけ狙っていたらしいんだよ。その侍を、この俠客一家が追ってきて、たまたま、卯之さんの前で斬り合いになった、ってわけなんだよ」

「なんですって！　旦那のお命を狙う、不埒《ふらち》な野郎がうろついてるってんですかい！」

「そうだ。しかもこれだけの使い手だ。弥五郎でも太刀打ちできなかった」

卯之吉がヘラヘラしながら付け加える。

「美鈴様は一太刀浴びせましたがねぇ。どうやらそのお侍様は、お身体に晒《さら》しをきつく巻いていらしたらしくて、美鈴様の一刺しは、ほんの薄手。たいした痛手にもなっていないでしょうね」

木綿《もめん》の晒しを厚くきつく身体に巻いておくと防刃《ぼうじん》の機能を発揮する。ヤクザ者たちが腹に晒しを巻く理由がそれだ。

三右衛門は激昂《げっこう》した。

「伝吉一家を皆殺しにした曲者《くせもの》は、無事ってことですかい！」

「ハハハ。そういうことだねぇ」

いったいどういうつもりで笑っているのか、朔太郎にはさっぱりわからない。

「ともかくだ」

朔太郎は、三右衛門に向かって警告する。

「今回の相手は、これまでにない強敵だぞ。伝吉一家が鉄砲を持ち出したから追い払うこともできたが、あの鉄砲がなかったら、俺たちだって、どうなっていたかわからん」

代貸の寅三が、三右衛門に顔を寄せた。

「こっちも鉄砲を用意したほうがいいんじゃやねぇですかね」

「そのとおりだい。顔を見知った猟師連中に声をかけとけ。南町の八巻様の御用だ。四の五の言わせずに借り集めろ」

「へいっ」

寅三は粂五郎《くめごろう》たち弟分を数人率いて走り去った。

「どっちにしても卯之さんよ、この宿からは立ち去ったほうがいいぜ。満徳寺様に移れば、とりあえずは安心だ」

「そうですねぇ」

卯之吉は三右衛門に顔を向けた。

「炊き出しのお米は、集めてきてくれましたかね」

「へい。とりあえず、上州の米蔵を隈《くま》なくあたって、ありったけを買い集めてきやしたがね」

荒海一家は米集めの役目があったので、卯之吉のそばを離れていたのだ。

「米俵は満徳寺様に運び込みやした」

「ようし、それじゃあ満徳寺様に戻ろうか。例の旅の怪我人も、あっちに移しといたほうがいいだろうね」

「そうだな」と答えたのは朔太郎だ。

「何事か大事を抱えているらしい。死なせるわけにゃあいかねぇ。……でも、動かしちまっても大丈夫かね。傷口が開いたりしたら、命にかかわるんじゃねぇのかい」

「大丈夫でございますよ。医者のあたしが太鼓判を押します」

卯之吉は堂々と笑った。

（お前は医者じゃなくて同心だろう）

朔太郎は思ったけれども、黙っていた。


騒動は倉賀野宿にまで伝わっている。

朝靄《あさもや》をかき分けるようにして、辰兵衛が河岸問屋に駆け込んできた。江州屋孫左衛門は錯綜《さくそう》する情報を集めるため、問屋の男たちに様々な指図をしながら、帳場を歩き回っていた。

「問屋さん、何事が起こったってんですかい」

辰兵衛が土間に立って訊ねる。孫左衛門はいったん座り、頭痛でもするのか、こめかみを揉《も》みながら答えた。

「南町の隠密廻同心の八巻様が、深谷宿の、伝吉親分の一家を皆殺しにしたらしい」

と、いうふうに、倉賀野宿には第一報が伝わっていたのだ。

もちろん誤報であったのだが、辰兵衛の顔色が瞬時に変わった。

「なんだってまた、そんなことに……」

「わからない。伝吉親分は、いったい何をしでかして、八巻様の逆鱗《げきりん》に触れたのやら。いずれにしても、俠客一家を皆殺しになさるなんて……。八巻様は評判どおりの、いや、評判をはるかにしのぐ、恐ろしいお役人様だよ！」

辰兵衛も胴震いを隠せない。

「もしかすると、伝吉の野郎は……」

「なんです？　伝吉親分が斬られたわけに心当たりでもあるのかい」

「もしかすると、ですけどね。問屋さん、伝吉は、八巻様が奪って隠した御用金のありかを嗅《か》ぎつけたんじゃねぇんですかい」

孫左衛門は「ふむ」と言って思案した。

「伝吉親分は、口封じのために殺された、と、お考えなのかい」

「そのとおりですぜ」

「もしもそうだとしたら、八巻様はご評判とは裏腹の、悪徳役人ということになるよ」

「八巻の異名は〝人斬り同心〟ですぜ。人を斬ってまわるような同心が、善人のわけがねぇですぜ」

孫左衛門は黙り込んで辰兵衛を凝視した。それからまた、こめかみを揉み始めた。

そこへ江州屋の手代、善次が入ってきた。折り目正しく正座してから告げる。

「若年寄、酒井信濃守様のご家中だと仰る、中島四郎左衛門様という御方が、足をお運びにございますが……」

「中島四郎左衛門様？」

孫左衛門は首を傾《かし》げた。

「聞いたことのないお名前だが、酒井信濃守様のご家中とあっては無下《むげ》にもできまいねぇ」

公儀の権臣《けんしん》たちは、本多出雲守の失脚が近いと知って、公領の実権を手中に収めんものと画策している。公領に手を伸ばしてくるのだ。江州屋孫左衛門の気苦労は絶えない。

「書院にお通ししなさい」

善次に命じてから孫左衛門も腰を上げた。辰兵衛に目を向けて、

「ともあれ、八巻様の動きから目を離さないでおくれ」

と頼んだ。

「江州屋孫左衛門にございまする」

書院の上座に中島四郎左衛門を座らせて、孫左衛門は深々と低頭した。

書院には床ノ間もしつらえられている。代官や関東取締出役（八州廻り）などが訪れてきた時だけに使用する。

障子は開け放たれている。密談などはしていない、ということを証明するためだ。真冬でも障子は開け放つのがしきたりなのである。初夏の陽差しが庭の若葉で照り返されている。書院全体が明るい。上座に座った若い侍の、癇《かん》の強そうな顔が良く見えた。

（またぞろ面倒な話になりそうだ）

孫左衛門は直感した。

本多出雲守が失脚した後、幕閣の誰が立身出世を果たすのかは、わからない。河岸問屋としては、次代の権力者に素早く擦《す》り寄ってゆかねばならないわけだが、誰が出世競争に勝利するのかを見極めるのは難しい。

（乗る舟を間違えたら、こっちまで身を沈めることになるぞ）

注意深く、中島四郎左衛門を見つめた。

四郎左衛門はそういう目で見定められていると知ってか知らずか、よりいっそう尊大に、身を反《そ》らせて、権高《けんだか》に質《ただ》してきた。

「公領の、決壊いたせし堤《つつみ》を修繕するため、御用金が要り用なことは存じておろう。河岸の蔵には公儀の金が収蔵されておるはずじゃな」

詮議《せんぎ》をする口調である。本気で詮議をしているつもりなのかも知れない。

孫左衛門は、内心、片腹痛い思いであったが、ここは丁寧《ていねい》に低頭して答えた。

「いかにも、御公儀の公用金をお預かりするのも、河岸問屋の役儀にございまする」

四郎左衛門は「ふんッ」と鼻を鳴らした。

「拙者を侮《あなど》るではないぞ、孫左衛門」

「侮る、などと、滅相もない」

「拙者、ここに来る前に、岩鼻の陣屋に赴《おもむ》き、代官と膝詰めで談判して参った。岩鼻代官が申すには、御用金は倉賀野宿において差し止められておるとのことじゃ。さぁ孫左衛門。これをいかに言い逃れいたすか」

「言い逃れなどとは――」

　無体な物言いにもほどがある。江州屋孫左衛門はもうすぐ六十歳。この歳になるまで河岸問屋として公儀の年貢と公金とを預かってきた。徳川家のために尽くしてきたという思いもある。こんな若造などよりも、ずっと世の中の役に立ってきたのだ。

「お疑いなら河岸の金蔵をお検《あらた》めください。金蔵には、倉賀野宿が差し止めた御用金など、どこにも隠されておりませぬぞ」

「ならば御用金は、いずこへ消えたのだ」

「それは、本多出雲守のお指図により……」

　四郎左衛門の酷薄そうな顔が、ヒクッと震えた。

「出雲守様が、いかがした」

「出雲守様よりのお指図を受けたとのお話で、南町の八巻様が御用金を引き出して行かれました」

「なんじゃと！」

四郎左衛門は思わず取り乱してしまう。冷徹な能吏《のうり》を装っているが、そこが若さだ。感情が面《おもて》に出てしまった。

「南町の八巻が、御用金を動かしておると申すか！」

「正しくは、八巻様の意を受けた、三国屋の若旦那が手前の許《もと》にやって参りまして、本多出雲守様と八巻様の御下命《ごかめい》として、御用金を請け出したのでございまする」

もう、どうにでもなれ、という心地《ここち》で、孫左衛門はありのままに説明した。咎《とが》めを受けるのは、どうせ三国屋の若旦那だ。あんな遊び人が打ち首になったところで、痛くも痒《かゆ》くもない。

「三国屋の若旦那は、御用金を請け出して、諸国から米を買い集めていらっしゃいますよ」

「米を買って、なんとする」

「満徳寺様にて、お炊き出しをなさっておいでなのです」

「満徳寺様じゃと」

四郎左衛門のしたり顔に緊張が走るのを、孫左衛門は見逃さなかった。そして、

（この小生意気な若造を、満徳寺様に押しつけてしまえ）

などと横着《おうちゃく》なことを考えた。倉賀野宿に居すわられたりしたら、河岸の仕事がやりづらくて仕方がない。

「御用金の行方をお尋ねなら、満徳寺様にお訊《き》きになるのが早道にございます」

孫左衛門はそう嘯いて、少しばかり、してやったり、という心地となった。

将軍家御位牌所の権威に、四郎左衛門は動揺している様子であった。

三

卯之吉たち一行は徳川郷の宿に入った。満徳寺の南方、二、三町ばかり行った所に船着き場があって、旅籠《はたご》が五軒ばかり建ち並んでいた。

これらの旅籠は〝駆け込み宿〟とも呼ばれ、縁切寺の満徳寺に駆け込んだ女人《にょにん》たちを、裁きが言い渡されるまで、生活させる場として使われていた。

縁切寺といっても、無条件に離縁が成立するわけではない。女人に非がある場

合には〝叱り〟を言い渡して村に帰らせる。逆に、女人への虐待や非道が明らかになった場合には、夫とその親族は元より、虐待を放置していた村の顔役（名主や乙名《おとな》など）などが叱りを受ける。

江戸時代の〝縁切寺〟は、中世的な無縁《アジール》の場所ではなく、近代的な法治の精神に則《のっと》った、家庭裁判所として機能していたのである。


駆け込み宿の部屋に、問題の怪我人が寝かされている。

「いっくら駆け込み寺って言ったって、身許も定かではねぇ野郎を、満徳寺様ご境内《けいだい》に入れるわけにはいかねぇからな」

隣室であぐらをかいて、朔太郎が言った。

「野郎が女人だったら、かえって好都合だったんだけどなぁ」

敵が凄腕《すごうで》であることは、身に沁《し》みて理解している。満徳寺の境内は土居と塀と門によって囲まれていて、容易なことでは侵入できない。満徳寺の門内に入れてしまえば安心できるが、寺社奉行所の役人としては、それはできない。

「まぁ、なんとかなりましょうよ」

卯之吉は薄笑いを浮かべている。えらく自信のありそうに見える姿であるが、なんの根拠もなく、ただ微笑《ほほえ》んでいるだけに違いない。いつものことだ。

男をここに担《かつ》ぎ込んだのは荒海一家の男たちだが、一家は曲者の姿を追い求めて周囲に散った。三右衛門が頭から湯気を立てて指図をしていた。

この場にいるのは卯之吉と朔太郎、それに怠惰《たいだ》な由利之丞だけだ。弥五郎と美鈴は外の通りに出て、襲撃者に備えていた。

「それで卯之さんよ」

朔太郎はクイッと顎《あご》を隣室に向けた。

「野郎からは、いつ、話を聞き出せそうかね？」

「そうですねぇ。あのお人が目をお覚ましになれば、口を利《き》くことぐらいは、いつでも、おできになると思いますよ」

「そうかえ」

唐突《とうとつ》に由利之丞が、片袖を捲《まく》りあげてキリッと見得《みえ》を切った。

「朔太郎さん、詮議ならオイラに任せといておくんなよ」

「なんで手前《てめ》ぇがしゃしゃり出てくる」

由利之丞は愛らしい唇を尖《とが》らせた。

「だってさ、あいつの前でオイラは、『南町の八巻サマだ』って披露されたんだぜ。今さら『本当の八巻様はこちらです』なんて言えないよ」

「また調子に乗りやがったのか！」

「違うよ。あっちの宿の乙名の粟助さんが、勝手に言っちゃったんだよ」

「その乙名とやらに、名乗って騙《かた》ったのは手前ぇじゃねぇのか」

由利之丞のお調子乗りにはいつものことながら呆れるばかりだが、

（しかし、まんざら悪い話でもないぞ）

朔太郎は思いなおした。

いざという時には、由利之丞が卯之吉の身代わりとなって死んでくれるのならば、なによりの話だ。

卯之吉は、三国屋徳右衛門が溺愛《できあい》する孫だ。卯之吉が殺されたりしたら、徳右衛門がどんな錯乱《さくらん》ぶりを示すかわからない。下手をすると江戸の経済が崩壊する。

（役者の一人が死んでくれて、卯之さんが助かるのなら、それでいいや）

などと朔太郎は、役人の発想で考えた。

言ってるそばから隣室で、男の呻《うめ》く声が聞こえた。

「目を覚ましたらしいや」

朔太郎は襖を開けた。問題の怪我人が寝ている。朔太郎は枕屏風《びょうぶ》を退《ど》けて、男の枕許に膝をついた。

男は目を開けて、朔太郎を見上げた。

お調子者の由利之丞がサッと枕許に寄る。

「おい、しっかりしろ。オイラは南町の八巻だ」

（こんな姿は卯之さんよりもよっぽど同心らしいぜ）

朔太郎は呆れるやら、感心するやら、微妙な心地となった。

一方の卯之吉は、隣室に座ったまま、のほほんとしている。こちらに関心を示す様子もなかった。

「……あ、あ……、八巻様……」

男が由利之丞に目を向けて、震える指を伸ばしてきた。由利之丞はその手をしっかりと握った。

「オイラはここにいるぜ。オイラの声が聞こえるか。聞こえるんなら返事をしろい」

隣室で卯之吉がクスッと笑った。

「遥《はる》か向こう岸にいるわけじゃないんですから」

怪我人は、乾いた唇をわななかせた。

「八巻様……。是非ともお耳に……お聞き届けいただきたい話が……。御公儀を揺るがす大事……」

「おう、それはいってぇなんなんだい」

由利之丞の素人詮議は困ると思い、朔太郎は急いで話に割って入った。

「拙者は寺社奉行所の庄田朔太郎だ。そなたはいったい何者なのだ。まずは名乗れ」

「あなた様も、ご公儀のお役人様……」

怪我人の目に、次第に生気が戻り始めた。

「手前は、新潟湊の回船大問屋、但馬屋《たじまや》の手代、市太郎《いちたろう》と申します……」

「市太郎さんかい。回船大問屋と言えば、湊を仕切る顔役のことだな」

すると卯之吉が、突然こちらに笑顔を向けた。

「新潟湊を差配しているのは、御譜代の牧野《まきの》様でございましたねぇ」

譜代大名の牧野家は、老中職を歴任してきた幕府の重鎮である。日本国の流通にとって大事な湊を幕府に代わって支配している。

「だけどよ、湊を仕切っているのは、回船問屋の商人たちだぜ」

朔太郎は答えた。

江戸の幕府は極めて小さな政府で、湊の運用や管理、その他の業務の一切を、湊の商人の自治組織に委託していた。新潟湊にかぎらず、倉賀野の河岸は河岸問屋に任せているし、農村の管理と運営は、百姓の顔役である名主（庄屋）や乙名に任せている。

「役人たちは、商人が差し出してきた判物《はんもつ》を眺めるだけの仕事さ。そして、すあい金（法人税）や船道前《ふなどうまえ》（入港税）を上納させる」

税金さえ納入されれば、幕府はそれで満足なのだ。

結局のところ、商業も流通も、商人たちの勝手に任されている。結果、商人ばかりが豊かになって、三国屋徳右衛門のような、お上をお上とも思わぬ豪商たちが台頭する。

「それで」

と、朔太郎は話を進めた。

「なんだってお前さんは襲われたんだ。曲者に心当たりがあるのかい。そもそもどうしてお前は、新潟を離れてこの地を旅してやがったんだ」

「手前が越山《えつざん》をいたしました、そのわけは……」

越後国と関東の境には三国《みくに》山脈がある。越後国の人々は、三国山脈を越えて関東地方に行くことを越山と言う。

「新潟の湊で、大がかりな抜け荷が行われることを、お上にお知らせするためにございました……」

「抜け荷だと」

朔太郎が色めきたった。公儀の役人としては聞き捨てにできない犯罪だ。

市太郎は乾いた唇を震わせながら訴え続ける。

「抜け荷の稼ぎは、帳簿には載せられませぬ。つまりは裏金。その裏金を……」

「裏金を、どうした」

「密かに越山して、この上州に……」

「おい！　しっかりしろ！」

市太郎はガックリと脱力して、気を失ってしまった。

卯之吉は「ははは」と笑った。

「いいところで、続きは次回のお楽しみ〜、でございますねぇ。講談師の講釈みたいだ」

「笑ってる場合じゃねぇぞ」

朔太郎は立ち上がった。部屋を出て行こうとする。

卯之吉がニヤニヤしながら見上げた。

「どちらに向かわれます？」

「今の話が本当だったら大変なことだぜ。お上の与《あずか》り知らない大金が公領に流れ込んで来てるってことだ。そんな大金をいってぇ誰が、何のために使うつもりなのか。そいつを突き止めなくちゃならねぇ！　お上に逆らう謀《はかりごと》だったら大変だ」

「なるほど、なるほど」

「お前さんは市太郎の治療を頼むぜ。傷が膿《う》んだりしたら命にかかわる」

夏場は気温と湿度が高いので傷口が化膿《かのう》しやすい。化膿の毒が（つまり黴菌《ばいきん》が）全身に回って死ぬことは、この時代には良くあった。

「あいあい。畏《かしこ》まって承《うけたまわ》りましたよ」

卯之吉が気合のまったく感じられない返事をしている間に、朔太郎は旅籠から飛び出して行った。

その頃、酒井信濃守の意を受けて活動中の中島四郎左衛門は、供揃いをズラリと引き連れた姿で、満徳寺の門をくぐった。

「なんだ、この百姓どもは」

四郎左衛門の理知的な面相が歪《ゆが》む。露骨に嫌悪の表情を浮かべた。

「将軍家御位牌所の境内に、泥まみれの者どもが屯《たむろ》するとは、いったい何事!」

満徳寺は徳川家の聖地である。聖地というものは、清浄にあらねばならない。風呂にも入らぬ、泥と垢《あか》まみれの者たちが座り込んでいて良いはずがない。

そこへ、秀雪尼が迎えに出てきた。

秀雪尼も、昨今、卯之吉の前では機嫌よく微笑むこともあったが、性根は冷たく、気位の高い女である。気位の高い者同士が顔を合わせれば、初手から反発し合って当然だ。目と目が合った瞬間から、四郎左衛門と秀雪尼は激しく火花を散らした。

「そなたは、若年寄の信濃守殿のご家中と聞き及んだ」

秀雪尼は目下の者に対する口利きをした。

大奥のお局《つぼね》様は〝老中格〟である。表御殿の老中と、奥御殿の局は同格であると、大奥の女中たちは主張していた（女中が偉くなれば老中と同格となるのだから、女中が差別語であるはずがない）。

ともあれ秀雪尼は、己の主の梅白尼よりも酒井信濃守を格下と見て、そのような口を利いた。

四郎左衛門は「ムッ」とした。

「いかにも拙者、若年寄よりの命を奉じて推参いたした。ご住職に御拝謁《ごはいえつ》を願いたい」

否とは言わせぬ顔つきである。

「ここで待ちやれ」

秀雪尼はその場に立たせたまま四郎左衛門を待たせて、梅白尼の意向を伺《うかが》いに戻った。四郎左衛門はむかっ腹を立てながら待った。その回りでは百姓たちが炊き出しの飯を食っている。

四

四郎左衛門は本堂の脇の対面所に通された。下座に座る。床ノ間の前には梅白尼が座り、その横には秀雪尼が控えている。

「境内の騒擾《そうじょう》は、なんとしたことにございましょうか」

四郎左衛門は、挨拶《あいさつ》を終えると早々に、詰問口調で梅白尼に質《ただ》した。

「当山はおそれ多くも将軍家御位牌所。身の汚れし者どもを境内に入れるは、差し障りがございましょうぞ」

四郎左衛門の物腰を、梅白尼も不快を感じたようだ。美しく整った貌《かお》をしかめた。

「身の汚れし者ども、などという物言いは許さぬぞ。皆、公領の領民、徳川家を支える者たちじゃ。百姓は国の宝ではないか」

享楽的な、元は江戸の町娘だった尼僧が、本気でそう思っているのかどうかはわからないけれども、間違ったことは言っていない。

「さらに申せば満徳寺は時宗の寺じゃ。時宗は遊行《ゆぎょう》する僧たちの宗派であるぞ」

中世に、日本国中を遊行（廻国修行）した念仏聖《ねんぶつひじり》たちは、お世辞にも清潔とは言いかねる身形《みなり》であり、また、貧しさの中の苦行こそが、仏の道だと考えてもいた。

「我が寺を頼って参った者たちは、阿弥陀如来の王本願《おうほんがん》に帰依《きえ》したも同じじゃ。無下にはできぬと心得よ」

四郎左衛門は形だけ敬服したような素振りで「ハハッ」と平伏した。しかし、「なれど」と続けた。

「そもそも百姓どもは田畑を耕すことこそが本義。無為徒食は天道に背く行いにございましょう」

梅白尼は（しつこい男だな）と言いたげに、答えた。

「田畑が水に沈んでおるから、我らを頼って参ったのじゃ」

「なにゆえ田畑が水に沈んだままなのか、そこをこそお考えくだされ」

「妾《わらわ》に何を説こうというのか」

「田畑を水害から救うために、公領に運び込まれし御用金が、南町奉行所の隠密廻同心、八巻の手により運び出されて、当山に持ち込まれた由《よし》、すでに調べがついております」

脇に控えていた秀雪尼が声を荒らげる。

「調べがついておる、じゃと！　なんじゃその物言いは。悪人に対する詮議のような」

四郎左衛門は、梅白尼に顔を向けたまま答えた。

「詮議などと滅相もございませぬ。拙者は、若年寄、酒井信濃守より、御用金の使途を確かめるよう、命を受けて参った者。これが役儀にござれば、無礼はご容赦願いまする」

る。四郎左衛門は尼僧二人の不機嫌など気づかぬ素振りで、滔々《とうとう》と捲《まく》し立て続ける。

「決壊した堤を修築いたせば、田畑の水は引き、百姓どもは正業に立ち返ることが叶《かな》いまする。当山に救いを求めて参る者どももいなくなりましょう。これこそが真の経世済民、救恤《きゅうじゅつ》の道にございまする。ところが作事のために計上された御用金の使途がわかりませぬ。本多出雲守様の意を受けたと称する町方同心の八巻が私いたしておるのです。このまま捨て置けば、百姓どもの難儀はいつまでも続き、上様のご面目も大きく損なわれ、天地には怨嗟《えんさ》の声が満ち満ちましょうぞ」

梅白尼は完全に嫌気の差した顔つきだ。

「口舌《くぜつ》はもうよい。そなたの申し条はわかった。じゃが、御用金がどうなったのかなど、妾の与り知らぬ事ぞ。妾は朝に、昼に、夕に、一向念仏し、将軍家歴代の後生を願うのが勤めである」

「なれば、御用金の使途を知る者は、いずこにおりましょうや」

「フン。寺役人にでも質すが良い」

「金蔵を検めてもよろしゅうございましょうか」

再び秀雪尼が激昂した。

「何を申すか！　この無礼者め！」

「これが拙者の役儀にございまする」

四郎左衛門は白々しい顔つきのまま平伏した。

「拙者の主、酒井信濃守は、上様よりの御下命を奉じておりまする。梅白尼様におかれましても、この儀は上様へのご奉公と思《おぼ》し召しくださいますよう」

梅白尼は、元大奥の中﨟《ちゅうろう》としての気位を保たねばならない。そう思って平静を装いつつ、答えた。

「上様の思し召しとあらば、断りもできぬようじゃな」

「早速のご承服、恐れ入り奉りまする」

「寺役人の者と図《はか》るがよい。行け」

梅白尼は、犬でも追い払うように手を振った。

四郎左衛門は深々と低頭してから、正面を向いたまま尻から下がって出ていった。

対面所には梅白尼と秀雪尼だけが残された。

「なんと憎々しげな物言い！　ああ、悔しい！　あんなヤツ、豆腐の角に頭をぶつけて死んじまえばいい！」

四郎左衛門が下がると同時に、人目を憚《はばか》る必要のなくなった梅白尼が、町娘の本性に戻って悪罵《あくば》を吐き散らした。

「豆腐の角に頭をぶつけたぐらいでは、人は死なぬものと心得まするが」

秀雪尼は大身《たいしん》旗本の娘である。大奥では上様ご鍾愛《しょうあい》の梅白尼に仕えていたが、元の身分は秀雪尼のほうが高い。江戸の町人の啖呵《たんか》を耳にしたのは初めての様子で、その不思議な文言《もんごん》に首を傾げている。

「……それはそれといたしまして、可愛げのない役人にございましたな」

「まったくじゃ！　おのれ、酒井信濃守め。妾を虚仮《こけ》にいたすつもりか！」

秀雪尼も眉根《まゆね》に皺《しわ》を寄せている。

「本多出雲守殿が送って寄越《よこ》した八巻とは大違い……」

「うむ。月とスッポンじゃ」

「月と、なに？」

その物言いも、大身旗本の箱入り娘で、若くして大奥にあがった秀雪尼は知らなかったらしい。

「月はともかく……、柳営《りゅうえい》の筆頭老中が本多出雲守殿から酒井信濃守殿に代わったならば、どのような締めつけがあることか……、先が思いやられまする」

「うむ。この件は早速にも、大奥に報《しら》せねばならぬ」

大奥には大奥女中の紐帯《ちゅうたい》と情報網があるのだ。

「手配りをいたしましょう」

尼僧二人は嫌悪の情も露《あらわ》にさせて頷《うなず》きあった。


卯之吉は今日も、銀八と美鈴を引き連れて、銀八に荷車を引かせながら公領を歩き回っている。

「朝から天気が良いですねぇ。ああ、気持ちがいい」

卯之吉は晴々とした顔つきで初夏の晴天をふり仰いでいる。

一方、車を引く銀八は、おっかなびっくり、目をあちこちに投げていた。

「若旦那、剣呑《けんのん》でげすよ！　若旦那のお命を狙う曲者が、どこに潜《ひそ》んでいるかしれたもんじゃねぇでげす！」

美鈴も気が気ではないという顔つきだ。一度は対戦して、相手の只事ならぬ強さを思い知らされているから尚更だ。

「敵は俠客の一家を皆殺しにするようなヤツです。油断はできませぬ」

それでも卯之吉は呑気《のんき》そのものだ。

「そんなに強い御方に襲われたりしたら、満徳寺様に隠れていようと、江戸に戻っていようと、同じことですよ。それに朔太郎さんの話では、由利之丞さんのことを南町の八巻様だと思い込んでいらっしゃるご様子ですからね。あたしのところには襲って来ないでしょう」

いつものことながら卯之吉の発想にはついてゆけない。

道理を言い聞かせたところで理解するとも思えない。銀八も美鈴も、卯之吉のやりたいようにやらせておくしかなかった。


二刻（四時間）ほど経って、徳川郷の駆け込み宿に寝かされていた怪我人、市太郎が、ようやくムックリと起き上がった。

粥《かゆ》を啜《すす》れるまでになったという、由利之丞からの報せを受けた朔太郎は急いで駆け込み宿に駆けつけた。

「おう、さっきよりはずっと顔色が良いぜ」

安堵《あんど》して布団の横で胡坐《あぐら》をかく。

市太郎は身を起こそうとしたが、朔太郎は、

「まだ寝ていなよ。蘭方医のセンセイが『寝かしとくように』って言ってたからな」

そう言って制した。市太郎は今日も俯《うつぶ》せのままだ。この格好では寝ているだけでも辛いだろう。ともあれ、顔には生気が戻っている。

「卯之さんの施術が功を奏したようだな。あの野郎め、遊び人にしておくのがもったいねぇほどの腕前だ」

感心する朔太郎の横で、由利之丞が首を傾げている。

「そうだけどねぇ。若旦那にとっては、蘭方医術も酔狂のひとつだからさ」

「手前ぇ……じゃなかった、八巻殿、いってぇ何が言いてぇんだい」

「三国屋の若旦那はさ、医術を遊びだと思っているから、熱心に入れ込むけれど、これが仕事ってことになったらさ、途端に、真面目《まじめ》にやらなくなるに違いないよ。病人や怪我人をほったらかしにして、別の遊びに出掛けるに決まってる」

「なるほど。違《ち》ぇねぇ」

二人とも、卯之吉という男の性分をイヤと言うほど知り尽くしている。

「さすがは八巻殿の眼力《がんりき》だ。三国屋の若旦那の性分を良く見ている。ま、それはさておき……」

朔太郎は市太郎に真面目な顔を向けた。

「オイラが誰かは、覚えているかい。今朝は酷《ひど》い有り様だったからな」

高熱も発していたし意識も朦朧《もうろう》としていただろう。自分がどうしてここにいるのかすら、わからない、ということも考えられる。

「覚えておりまする。あなた様は寺社奉行所のお役人様。そしてそちらが南町の八巻様」

「おうよ」

由利之丞が大見得を張って、長口上でも述べそうな気配だったので、朔太郎は片手で制した。

「それじゃあ市太郎。話の続きを聞かせてもらおうか。お前は新潟湊の回船大問屋、但馬屋の手代だったな」

「左様にございまする」

「新潟湊では抜け荷が行われている。そのことを報せるために、江戸に向かう途中だった、ってことでいいのかい」

「そのとおりにございます。事の次第をお上にお報せして、新潟湊を巻き込んだ悪事を取り締まっていただきたいと慮《おもんぱか》って旅をしてきた次第……」

「新潟湊を巻き込んだ、だと？」

　朔太郎は眉根を少し寄せた。

「その物言いだと、新潟湊の商人たちが自ら抜け荷に手を染めているわけではない、嫌々ながらに抜け荷に加担させられている、というふうに聞こえるぜ」

「仰《おっしゃ》るとおりにございます。手前ども回船商人は、抜け荷などという大罪に関わりたくはないのでございまする。ですからこそ、助けを求めるために、手前が江戸に走ることになったのでございます」

「それじゃあ、いってぇ誰が、新潟湊の商人たちに、抜け荷を強いているっていうんだ」

　金がものを言う世の中である。武士たちのほうが商人の顔色を窺《うかが》っているような有り様だ。

「湊を差配しているのは豪商たちだろう」

　新潟湊でも三国屋徳右衛門のような豪腕の商人が幅を利かせているはずなのだ。

「豪商連に無理強いして、悪事の片棒を担がせることができるような野郎が、いったいどこにいるんだい」

市太郎の顔色は悪い。怪我が悪化したわけではないだろう。激しく緊張しているのだ、と朔太郎は察した。

市太郎はわずかに逡巡《しゅんじゅん》してから、意を決した様子で告げた。

「薩摩様にございまする」

「薩摩？」

朔太郎の顔にも緊張が走った。

「薩摩様ってのは、つまり、島津家のことかい」

「左様にございまする……」

市太郎はホロホロと涙を流し始めた。

「新潟湊の商いは、西国からの海運に支えられておりまする。西国の諸大名様方のお頼みを断ることができず……」

「つまり薩摩家は上得意ってわけか。なるほど、お得意様が持ち込んだ無理難題なら、断りもできかねるだろうな、商人なら」

市太郎にとっても、無念な話であるらしい。

「手前の主が悪事に加担をさせられて……。露顕《ろけん》したならば打ち首も間違いなしにございまする。それならばいっそのこと、お上に自訴して、お上のお情けにお

「うむ。お上には慈悲も情けもあるぞ。抜け荷に手を貸したのは不届きなれども、洗いざらいを訴え上げるのであれば話は別だ。良きように計らってくれようから、安堵するが良いぞ」

縋《すが》りしようかと……」

「ありがたきお言葉を頂戴《ちょうだい》いたしました……」

市太郎は今度は感涙を流し始めた。

「それで」

朔太郎は話を核心まで進めていく。

「島津家は、いったい何を企んでいるんだい」

五

中島四郎左衛門は満徳寺の金蔵を隈なく検めた。四郎左衛門らしい執拗《しつよう》でそつのない仕事ぶりだ。

だが、案に相違して、南町の八巻が持ち出したという御用金はどこにも見当たらなかった。

「八巻め。いずこに金を隠したのだ」

憤然としながら満徳寺を後にする。

「そもそも八巻は、御用金に手をつけて、いったい何をしようと企んでおるのだ」

まさか有り金全部を米にかえて、百姓たちに食わせているとは思わない。

「柳営の権勢争いは、結局のところ、金を握った者が勝つのだ」

酒井信濃守は〝公領の堤の修築工事〟を口実にして、幕府の公金を一手に握ろうと企図している。

修築工事のために計上された予算を動かすことで、諸役人を従える。役人は予算をつけてくれた者に従うから簡単だ。さらには公金の一部を私し、流用して、上様や大奥に贈与し、歓心を買おうとも謀《はか》っていた。

ところが肝腎の金が消えてしまった。本多出雲守の懐《ふところがたな》刀とも目されている八巻が隠してしまったのだ、と四郎左衛門は信じた。

「出雲守め、さすがの古狸《ふるだぬき》。抜け目がないぞ」

出雲守も御用金を手中に収めて、その金を流用して、復権を謀っているのに相違ない。

「そうはさせぬぞ。ともあれ御用金のありかを突き止めることだ」

中島四郎左衛門は、倉賀野宿に向かって歩んでいく。

その時。道の先に二人の武士が立ちはだかった。四郎左衛門は、この自信満々な男にしては珍しいことに、ギョッとして足を止めた。武士の一人が熊を思わせるほどの大男だったからだ。

すぐに気を取り直す。怯《おび》えた顔を家来に見られなかったかと案じながら、逆に怒った様子で告げた。

「若年寄様の御用を拝命した我らの道を塞ぐとは不届きな。お前、行って叱りつけて参れ」

老僕に命じて走らせる。老僕も、二人の武士がただならぬ物腰であるとすぐに気づいた。腰の刀が大きい。今の時代に、こんな大刀を差して歩くとは何事であろうか。とうてい、まともな者たちとは思えなかった。

それでも老僕は駆け寄って誰何《すいか》した。すると大男たちは、意外なことに礼儀正しく笠を脱いだ。老僕は、ひと言、ふた言、会話を交わして、四郎左衛門の許に走って戻った。

「薩摩様の御家中様だと名乗っておいでです。あそこで殿をお待ちいたしていた、との口上でして」

老僕の言う〝殿〟とは四郎左衛門のことだ。

四郎左衛門は切れ者である。すぐに、島津家の隠居、道船の意を受けた者だと察した。

道船が酒井信濃守と一味同心であることは、信濃守自身から言い含められてある。

「よし。話を聞こうぞ」

四郎左衛門は武士の二人に歩み寄った。向こうも歩んでくる。近づくに連れてますます大きくなる相手の巨体を見上げて、さすがの四郎左衛門も茫然《ぼうぜん》となった。

背の低いほうの武士も、四郎左衛門より頭半分は背が高い。もう一人が大柄に過ぎるので、小柄な男に見えていたのだ。

その〝小さいほう〟が一礼して話しかけてきた。

「我らは島津ン家中にござる。拙者は篠ノ原省吾《しょうご》」

「オイは川ノ村源八郎、いいもす」

篠ノ原のほうは、江戸屋敷での暮らしが長いのか、多少、江戸者にも聞き取りやすい話し方をした。しかし大男のほうは薩摩の方言が丸出しで、よく聞き取れない。

　ともあれ、四郎左衛門は、酒井信濃守から島津家との内密の事情を言い含められている。

「薩摩のご隠居より使わされた御方でござるな？」

　確かめると、二人は無言でチラリと互いに目配せしてから、四郎左衛門に目を向けて、頷いた。

「いかにも、左様でごわす」

　と、小さいほう――篠ノ原が答えた。

　四郎左衛門は、篠ノ原のほうが身分が上で、交渉も担当しているのだと推察した。大男の川ノ村のほうは専《もっぱ》ら武芸担当なのだろう。

「して？　この場にて拙者を待ち構えていた、そのわけは」

　質すと、篠ノ原は、

「申すまでもなきことにごわす。信濃守様よりご用命のアレの件でごわす」

「なるほど。して、そのアレはいずこにござる」

「それについて、でごわすが……」

　篠ノ原は、薩摩人らしからぬ、歯切れの悪い物言いをして、さらには顔にも屈託を覗《のぞ》かせた。

「いかがした。道船様がご用意くだされたアレ、すなわち金子《きんす》は、いずこにござるのだ」

「そいでごわすが……」

篠ノ原は顔をしかめてから、答えた。

「金子の手配ば、いたすはずだった新潟湊のお店者《たなもの》が、八巻ン手中に落ちもした」

「なんだと？　八巻とは、江戸南町奉行所の隠密廻同心、八巻のことか」

「そいでごわす」

「それは、なにゆえ……」

四郎左衛門は良すぎる頭を大車輪で回転させた。

「八巻は千里眼とも言われるほどの炯眼《けいがん》の持ち主。信濃守様の秘策を八巻に気取られた、ということか！」

「そい事ではござらん。新潟湊のお店者《たなもの》は、オイどもを裏切り、八巻に救いを求めたんでごわす」

「なんじゃと！」

「金子ン行方も、わからんごつ、なりもした」

四郎左衛門は愕然《がくぜん》として、薩摩者二人の顔を見つめた。

第五章　襲撃、三国峠

一

中島四郎左衛門と島津家の二人は倉賀野宿の旅籠《はたご》に入った。

狭い部屋の中で膝詰めで談判をする。ただでさえ湿度の高い初夏の陽気であるのに、男の三人が狭い部屋ですし詰めになっている。ムンムンとむさ苦しさがむせかえるようで、四郎左衛門も辟易《へきえき》とさせられた。

もちろん、気が滅入る理由はそれだけではない。幕府の御用金ばかりか、島津家よりの裏金も手に入らないことになってしまった。

これではまったく仕事にならない。

この失態を知ったなら、酒井信濃守はいかほど激怒することか。

（なんとしてでも金を取り戻さねばならぬ）

四郎左衛門は焦燥《しょうそう》しながら、必死に思案を巡らせた。

「つまるところ道船様からの金子《きんす》は八巻に押さえられたということでござるな」

確認すると、篠ノ原は難しい顔つきで頷《うなず》いた。

「但馬屋ン手代が、抜け荷のからくりば八巻に自訴したとなれば、そのとおりでごわそう」

四郎左衛門は探るような目つきを篠ノ原に向けた。

「そもそも、抜け荷のからくりとは、どのような話なのでござろうか」

「有体《ありてい》に申さば、大公儀のお定めになった量よりも、多くの荷ば、新潟ン湊に運び込んだとでごわす」

「すあい金と船道前を誤魔化《ごまか》すためにござろうか」

「いかにもそげんことでごわす」

徳川幕府の経済政策は、典型的な計画経済である。物品の流通量を統制することで、物価の安定と貨幣の価値を保っている。

日本国の最大の消費地は江戸だ。日本全国の産物はもとより、清国、朝鮮国、オランダ王国からの輸入品まで、江戸で消費されるべく送り込まれてくる。無制限の流通を許していたら、江戸の小判が――すなわち徳川家の金融資産が――どんどん目減りしてしまう。金融流出を防ぐために、徳川家は、定められた量以上の物品の流通を禁じていたのだ。

だが、江戸の町人たちは昨今ますます栄えて豊かになり、贅沢《ぜいたく》な暮らしを欲するようになってきた。

江戸に商品を運び込みさえすれば、いくらでも金を稼ぐことができるのだ。商人たちは目の色を変える。あの手この手で公儀の目を盗んで、公定外の取引をしようと謀《はか》るのだ。

これこそが、いわゆる抜け荷である。

「島津様の御領地からは、紅珊瑚《べにさんご》や螺鈿《らでん》、砂糖などが、江戸に運ばれるのでござったな」

どれも高額な贅沢品ばかりだ。金持ちたちからすれば垂涎《すいぜん》の的《まと》である。

四郎左衛門は自慢の知恵を巡らせた。

「抜け荷の品々は、直《じか》に江戸まで運び込むことはできまい。それでわざわざ新潟湊を経て運び入れるというわけか」

江戸より遠く離れた湊だからこそ、公儀の監視の目も緩《ゆる》いのだ。

遠回りになって輸送代もかさむであろうが、それでもなお、抜け荷は儲《もう》かるのに違いない。

「いったい、いつから島津家中は抜け荷に手を染めていたのでござろうな」

四郎左衛門は問うたが、薩摩の二人には黙殺された。

(殿も、難儀な相手と手を組まれたものだな……)

四郎左衛門は、次第に不安、あるいは不快になってきた。

酒井信濃守の政敵の本多出雲守は、三国屋という札差を従えて、潤沢な政治資金を手にしている。三国屋の規格に外れた資金力に対抗するためには、抜け荷の裏金に手を出さなければならない——という理屈はわかる。

(しかし、御法度《ごはっと》は、御法度だ)

信濃守が老中職に就いた暁《あかつき》には、島津家を処罰せねばならない場面も出てくるだろう。

(その時には、とんでもない暴露合戦となるぞ)

互いに弱みを握り合った者同士の喧嘩《けんか》だ。

(しかし、しかし)

四郎左衛門は、首を横に振った。

（まずは殿を老中職に就けるが先じゃ）

あえて毒をも食らわねばならない——主君の信濃守はそう決断したのだ。家臣の四郎左衛門も、主君の意向に従うより他になかった。

そして四郎左衛門は、改めて容易ならぬ事態に気づいて、唸《うな》りつつ、腕組みなどした。

「困ったことになり申したな。八巻は町方同心ながら、本多出雲守様の耳目《じもく》となって暗躍しておる。その八巻に抜け荷の尻尾《しっぽ》を摑《つか》まれたとなれば、島津家中もただでは済まされますまいぞ」

「言われるまでもなか事にごわす」

島津家の二人も、八巻の恐ろしさは理解しているようだ。

「どうなさるおつもりだ。その手代とやらを仕留めて、口を封じることが先ではないのか」

と、その時。

熊のような川ノ村が、巨体に似合わぬ俊敏さで腰を浮かすと、

「だいか！（誰だ）」

と叫んで、部屋の襖をパーンと開けた。

「おっと！」

襖の陰には一人の男が隠れていた。片手で川ノ村を制しながら真後ろに逃れる。油断のならない顔つきの中年男で、身形《みなり》からすぐにヤクザ者だと知れた。

「何奴！」

四郎左衛門も動揺しながら叫んだ。

「わっ、我らの話を、盗み聞きしおったな！」

生かしてはおけない。武芸の心得などはまったくないが、刀を摑《つか》んで片膝を立てた。

「お待ちくだせぇ！　あっしは旦那方の味方でございまさぁ！」

ヤクザ者は急いで答えて、抵抗の意志がないことを示すために、畳に両手をついた。上目づかいに油断のならない目つきを向けてくる。

「あっしを斬るのは、あっしの話を聞いてからにしていただきてぇ」

「うむ」と答えたのは篠ノ原だ。

「こげん小鼠《こねずみ》、一匹斬るのに雑作《ぞうさ》もいりもはん。まずは、話を聞くのもよかぞ」

四郎左衛門は（万が一にも逃がしたならば）と気が気ではない。

「しかし、我らの話を盗み聞きしていた曲者《くせもの》でござるぞ！」

するとヤクザ者は「へへっ」と笑って、不敵にもおどけた仕種《しぐさ》で頭を掻《か》いた。

「油断なさいやしたねぇお侍様。この旅籠にはあっしの息がかかってる。こんな所で内緒話をなすったりしたら、いずれあっしの耳に届くってもんだ。申し遅れやした。あっしは倉賀野宿を束ねる俠客《きようかく》、人呼んで倉賀野ノ辰兵衛って者《もん》でござぇやす。自慢じゃねぇが中山道の街道筋は、どこもかしこも、あっしら博徒の縄張りだ。どこでひそひそ話をなすっても、あっしらの耳に入りやすぜ」

「ええいっ、小面憎《こづらにく》い長口舌《ちようこうぜつ》！　川ノ村殿！　斬っておしまいなされ！」

「待っておくんなせぇ。短気は損気だ。あっしは旦那方の味方だって言ってるでしょうに」

「味方だという証拠がどこにある！」

「証拠なんぞはございやせんがね。あっしの敵は南町の八巻なんでしてね。あっしは、八巻に命を握られてるんでございやすよ」

辰兵衛は、御用米を樵《きこり》たちに横流しした一件を、かい摘《つま》んで説明した。

四郎左衛門は話を飲みこんで「フン」と鼻を鳴らした。

「つまり、倉賀野宿の者たちも、八巻に死んでほしいと願っておる——ということか」

「さいでがす。八巻の魂《タマ》ぁ取らねえことには、こっちが魂を失くしちまいやす」

四郎左衛門は島津家の二人と顔を見合わせた。（このヤクザ者は信じるに足るであろうか）と、無言で互いの意を確かめあう。そんな様子を見ながら、辰兵衛は不敵に笑って続けた。

「先ほどチラッと聞かせていただきやしたがね、旦那方は八巻が隠した大枚《たいまい》をお探しなんでございやしょう？　そんならあっしに心当たりがございやすぜ」

「なんだと」

四郎左衛門は思わず腰を浮かせた。

辰兵衛はニヤニヤと笑いながら「へい」と答えた。

「なんなら、これからあっしがご案内いたしやすぜ。八巻から小判の隠し場所を託された野郎に、あっしの子分を貼り付けさせておりやすんでね」

四郎左衛門と島津家の二人は再び、顔を見合わせた。

夏草の陰に身を隠しながら、四郎左衛門は川岸の彼方《かなた》に目を向けた。

「あの男か……」

ヒョロヒョロと華奢《きやしや》な身形の町人が川の土手を歩き回っている。使用人らしい男に小旗のついた竿《さお》を持たせて、なにやら熱心に調べ物をしている様子だ。

「どうです？　あれは小判の隠し場所の下調べをしているんじゃねえですかね」

辰兵衛がせせら笑いながら言った。

四郎左衛門は「うむ」と頷いた。

「いかにも、そのようだな」

それから首を捻《ひね》って思案する。

「しかしだな、河原に金を隠したりするものかな？　水嵩《みずかさ》が増えたら、たちまちにして川底に沈んでしまうぞ。川上からは土砂も流れてくるだろう。隠すのは簡単だが、掘り起こすのは容易ではあるまい。切れ者と評判の八巻が、かような手抜かりをいたすものであろうか」

多少なりとも頭の働く者であれば、河原に物を隠したりはしない。

するとここで辰兵衛が、四郎左衛門をムッとさせる物言いをした。

「旦那にはわからなくとも、八巻の頭では、なんぞの良策が閃《ひらめ》いてるんでしょうな」

八巻のほうが四郎左衛門よりも頭が良いと決めつけている。四郎左衛門は激怒した。

「なにを抜かすか！」

「シッ、静かに」

篠ノ原が手のひらで四郎左衛門の肩を押さえつけた。

「あちらに聞こえもすぞ」

こっそりと隠れて様子を窺《うかが》っているのに、見つかってしまったら、どうしようもない。

四郎左衛門は口惜しそうに身を屈《かが》めた。

辰兵衛はヘラヘラと軽薄に笑っている。

「八巻が何を企んでいやがるのかは、容易に知れることですぜ」

四郎左衛門はさらに顔を紅潮させた。

「貴様ッ、八巻の腹の内が読めると申すか！」

「いいや。あっしの出来の悪い頭じゃあ、八巻の企みを先読みすることなんざ、できやしませんがね」

「何が言いたい！」

「あの表六玉《ひょうろくだま》を捕まえて締め上げればいいんでがすよ。野郎は八巻から小判を託されているはずだ」

辰兵衛はチラリと、篠ノ原と川ノ村に目を向けた。

「お武家様がたがとっちめてやれば、相手は町人の若造だ。責め苦に耐えかねて、いくらでも口を割るに違《ちげ》ぇねぇですぜ」

「なるほど、拷問か」

四郎左衛門は川ノ村を見上げた。確かに辰兵衛の言うとおりかもしれない。小《こ》癪《しゃく》な話だが。

ところが川ノ村は首を横に振った。

「御免でごわす」

四郎左衛門は思わず唇を尖《とが》らせた。

「なにゆえ」

川ノ村は、さも、汚らわしそうな顔をしている。

「オイどもは侍でごわんど。町人を苛《いじ》めることなど、できもさん」

確かに武士は、百姓町人を守るために刀を携えている——というのが、建前だ。

「ですがね、薩摩のお侍さん」

抗弁したのは辰兵衛だ。

「野郎は八巻の小判を隠そうとしていやがるんですぜ？　八巻はあんたがたの敵でござんしょう？　敵の片割れなら、締め上げたって罰は当たりますめぇよ」

すると川ノ村はますます汚らわしそうな顔をした。

「オイどもが受けた命は、八巻を斬ることじゃ。八巻を斬ればそれで済むとじゃ。策を弄《ろう》するには及ばん」

四郎左衛門も一時は、辰兵衛の策を面白いと感じたのだが、すぐに考え直した。

「あの町人、三国屋の孫だと申したな。だとすれば、手にかけるのは良くない」

辰兵衛が苛立《いらだ》った顔を向けてきた。

「なぜですね」

「万が一、討ち漏らしでもしたら、そしてそのことが世間に知れたら、江戸の札差たちが揃って我らにそっぽを向く」

札差に嫌われてしまったら、いかに幕閣の重鎮でも、権勢を保つことはできない。経済政策で足を引っ張られて、失脚に追い込まれてしまう。

「バレねぇようにすりゃあいいでしょう」

「そうはいかぬ」

三国屋も、本多出雲守様の失脚後には、酒井信濃守に擦り寄ってくるはずなのだ。味方につければこれほど頼りがいのある豪商はいない。

もしも、三国屋の若旦那がこの地で変死を遂げたなら、三国屋徳右衛門はどう考えるか。

（我らが手にかけたという証拠がなくとも、酒井信濃守様の一派、すなわち我らが手にかけたと思いこむに決まっておるのだ）

お白州（裁判）ではないのだから、確かな証《あかし》などいらない。状況証拠だけで十分だ。

酒井信濃守は老中就任後に、難しい経済政策の舵取《かじと》りをすることになる。江戸の豪商たちの助力は必須だ。三国屋を敵に回すなど論外であった。

四郎左衛門は、三国屋の若旦那を遠望した。

油断だらけの物腰で、お供も間抜けな顔をしている。殺すにしても攫《さら》うにしても簡単にできる。

だが、やはりそれはできない。

（この世はままならぬことばかりじゃな）

これが政《まつりごと》というものなのか。酒井信濃守が出世するに連れて、面倒事が格段に増えてきた。

美鈴は草むらの陰から、謎の男たちの様子を窺っていた。

身形の良い侍と、ヤクザ者とが、何事か口論している。言葉を聞き取ることはできなかったが、対立の気配は感じ取ることができた。

（あれは、倉賀野ノ辰兵衛）

俠客のほうは良く見知っている。美鈴は長い睫毛《まつげ》を瞬《しばたた》かせた。美しく澄んだ双眸《そうぼう》は視力も良い。

（武士のほうには……見覚えがないな）

さらにはあと二人、男たちが隠れている。いかにも田舎者めいた侍たちだ。

そして思わず、アッと声を上げそうになってしまった。

（あの大男は、伝吉一家を撫斬《なでぎ》りにした――）

大男がゆっくりと振り返った。

（しまった）

美鈴は急いで身を伏せた。つい、気息《きそく》を乱してしまった。大男に覚《さと》られてしまったらしい。

大男は武芸の達人だ。わずかな気配でも気づかれてしまう。

（あの男と再び立ち合ったなら……）

いかな美鈴でも勝ち目はない。美鈴は武芸者。冷徹に彼我《ひが》の実力差を自覚している。

もちろん黙って斬られるわけにはゆかない。いかにして勝つか、胸中で工夫をし、秘策を練っている最中だが『これならば勝てる』という確信を得るまでには至っていない。

美鈴はゆっくりと這《は》うようにして後退した。風を見て、風下に回って、物音や気配、美鈴の体臭まで、気づかれぬように用心しながら、相手との距離を置いたのだった。

二

それから三日ばかりが過ぎた。

徳川郷の駆け込み宿では、新潟湊の回船大問屋、但馬屋の手代の市太郎が、粥《かゆ》を元気よく啜《すす》っていた。

「それだけ食えるようなら、もう大丈夫だな」

朔太郎は市太郎の食いっぷりに安堵《あんど》している。

市太郎はお店者《たなもの》らしく行儀よく正座したまま、椀と箸を膳に置いた。

「お陰さまで命拾いをいたしました。お役人様には、なんとお礼を申し上げれば良いものやら……」

「なぁに、礼には及ばねぇよ。こっちにはお前《め》ぇさんに死なれちゃ困るわけがある。それに礼なら、あの素《す》っ頓狂《とんきよう》な蘭方医者に言ってくれ」

「そういえば、あの先生は、今いずこに？」

「オイラにもわからねぇよ。糸が切れた凧《たこ》みてぇな男だからな」

「左様にございますか」

そこへ由利之丞が威勢よく入ってきた。

「おうっ！　どうやら峠は越えたみてぇだな。その面《つら》つきならもう心配《しんぺ》ぇいらねぇ。こっちも命懸けでお前ぇを守った甲斐《かい》があったってもんだぜ」

いつもの調子の同心芝居だ。

（お前がいったいいつ、こいつの命を守ったんだよ）

朔太郎は呆《あき》れ果てた。

市太郎は本気にしている様子だ。

「八巻様が手前の命をお救いくださった……」

「おうよ。お前ぇにとどめを刺すため、宿に襲いかかってきた悪党を、オイラが得意のヤットウで追い払ってやったのよ。ま、ちっとばかし骨のあるヤツだったが、所詮《しょせん》、オイラの敵じゃなかったってことさ」

朔太郎は、

（さてはコイツ、礼金に与《あずか》ろうって魂胆《こんたん》だな）

即座に察した。市太郎が回船大問屋の者だと知って、ちょっとした銭にありつけると目論《もくろ》んでいるのに相違なかった。

「さすがは八巻様にございまする」

市太郎は素直に感心、感謝している。

（オイオイ、お店者が、そんな簡単に騙《だま》されてどうするよ）

朔太郎はそう思ったのだが、騙されるのも無理はない。なにしろ寺社奉行所の大検使が加担しているのだ。

（とんでもねぇことになっちまったなぁ）

卯之吉の身を守るために替え玉を立てたとはいえ、市太郎を騙していることに変わりはない。武士としては心が痛む。

朔太郎の内心など忖度《そんたく》しようもないはずの市太郎は、由利之丞に向かって折り目正しく低頭した。

「八巻様のお手を煩わせ、心苦しき話ではございますが、すでにお力に縋《すが》った手前にございます。重ねてご助力を賜《たまわ》りますよう、お願い申し上げまする」

由利之丞はすかさず、同心芝居をキリッと決める。

「例の裏金のことかい」

「お察しのとおりにございます」

（うむ。察しの良さだけは、卯之さんよりもずっとマシだ）

朔太郎もそう思わぬでもない。少なくとも卯之吉よりも安心感がある。

「それでお前ぇは、その裏金をどこに隠したんだい？」

由利之丞が前のめりになって訊ねる。目つきが真に迫っているが、これは同心芝居とは関係がなさそうだ。

（その金に手をつけようって魂胆じゃねぇだろうな！）

きっとそうだ。そうに違いない。しかしここで由利之丞を叱りつけることはできない。役者が芝居をしているのだと露顕《ろけん》してしまう。

（ま、俺がしっかり見張っていれば、大丈夫だろう）

裏金とやらを確保しておかねばならないのも事実だ。ここは由利之丞を利用し続けることにした。

市太郎は由利之丞に縋りつくような目を向けた。

「三国街道の道中に隠してございます。ご案内いたします。どうぞご検分くださいませ。抜け荷が行われていたことの確かな証となりましょう」

「ようし！」

由利之丞は俄然《がぜん》、張り切りはじめた。


「親分ッ、大《て》ぇ変《へん》だ！」

辰兵衛の店《たな》に子分の伊佐が飛び込んできた。目を剝《む》いて驚き慌てた表情は、旅役者の三枚目を思わせた。

辰兵衛は帳場格子に座っていたが、激怒して怒鳴り返した。

「馬鹿野郎ッ！　俺が店先にいる時には〝旦那様〟と呼べって言ってるじゃねぇか！」

辰兵衛の表稼業はあくまでも、荷運びをする男たちの手配師だ。店の裏では賭場を開帳しているけれども、それは公然の秘密である。

「へいっ、すいやせんっ。でも、それどころじゃねぇんで！」

伊佐は草鞋《わらじ》を履いたまま床に上がって、膝で這って進んだ。

辰兵衛も容易ならぬ様子を察して、行儀の悪さは叱りつけずに、

「どうした」

と、片方の耳を向けた。

その耳に伊佐が急いで囁《ささや》きかける。

「三国屋の若旦那が、人を集め始めやしたんで！　穴を掘る男手を募《つの》っていやがりやすぜ！」

「なんだとッ。とうとう御用金を埋めにかかるつもりか」

「きっとそうに違ぇねぇんで」

「よしっ、よく報《しら》せたぜ伊佐！　手前ぇにしちゃあ上出来だ」

辰兵衛は急いで立ち上がると、腰の帯をグイッと下ッ腹に下ろした。腰の後ろで帯の結び目を締め直す。

「こっちも人を集めろ！　政三を叩き起こしてこい！」

賭場を仕切る代貸の政三は、夜が遅いので昼まで寝ている。ともあれ辰兵衛は、一家の総勢に集合を命じたのであった。

「旦那様、これはいかにもまずい行いです」

美鈴が浮かない顔をしている。

「旦那様のお命を狙う曲者がいることをお忘れなく。こんなに見知らぬ者ばかり集められたのでは、曲者がこの中に潜《ひそ》んでいても判別できませぬ」

鍬《くわ》や鋤《すき》を担《かつ》いだ男たちが、倉賀野宿の表道に大勢集まっていた。その数は五十人を超えるだろう。

困ったことにそれらの男たちは、皆、泥だらけの真っ黒な顔をして、さらにはほっかむりまでしていたのだ。労働者としては当然の姿なのだが、人別《にんべつ》の見分けが難しいことこの上もない。

ところが卯之吉は、いつものように呑気《のんき》そのものの薄笑いなど浮かべている。

「曲者の皆様は、由利之丞さんのことを、南町の八巻様だと思い込んでおられるご様子ですから、大丈夫でしょう」

相変わらずの他人事だ。美鈴は頷けない。

「誤魔化しがいつまでも通じる相手とは思えませぬ。もしも露顕したら、この人込みに紛《まぎ》れて、襲いかかって参りましょう」

「その時は、美鈴様がいらっしゃるから、大丈夫です」

「お褒《ほ》めの言葉はありがたく存じますけれども、今度ばかりは請け合いかねます」

　ところがやはり、他人の諌言《かんげん》などに耳を貸す卯之吉ではないのだ。

「皆様〜、よくぞお集まりくださいました〜」

　男たちに向かって、甲高《かんだか》くて調子の外れた声を張り上げた。

「世直しの若旦那！」

　男たちが笑顔を向けてきた。卯之吉も笑顔で返す。

「世直し？　はて、なんのことでございますかねぇ」

　男たちは威勢よく沸き返っている。

「オイラたち、飢えた百姓をお助けくださったんだ！」

「そうだぜ！　飯の炊き出しをしてくださった！」

「若旦那がいてくれなかったら、女房と子どもを抱えておっ死《ち》んでる」

「生き神様みてぇなお人だ！」

　集まったのは、皆、満徳寺で炊き出しを受けた者たちであったのだ。

　卯之吉は「ははは」と笑った。

「イヤですねぇ。炊き出しのお米を下さったのは、お上にございますよ。お礼なら上様に仰《おつしや》ってください」

片手で扇子《せんす》などパタパタと煽《あお》っている。この姿だけを見れば、いったいどこの大人物か、という感じだ。

「皆様、お腹いっぱいにご飯を食べて、力も有り余っていなさるご様子ですからねぇ。今日もあたしの、つまらぬ酔狂に、つきあってはいただけませんかねぇ」

「なんですかえ。また踊り念仏ですかい」

「どこまでも旦那の遊びにつきあいやすぜ！」

男たちが色めきたった。

「今日の趣向は、穴掘りですよ」

卯之吉がチョイチョイと手招きをすると、銀八が大きな瓶《かめ》を車に載せてやってきた。

「これをご覧なさいまし」

卯之吉は瓶の口を封じていた油紙を破った。

伸び上がって中を覗《のぞ》きこんだ男たちが一斉にどよめく。大瓶の中には銅銭がギッシリと詰められていたのだ。

「穴掘りを競う遊びにございますよ。これはほんの手間賃にございます」

「穴を掘るだけで銭を頂戴《ちょうだい》できるんですかぇ」

問い返してきた男に、卯之吉は笑顔で答えた。

「もちろん、あたしの縄張りにしたがっていただきますけれどもねぇ」

縄張りとは、工事箇所を指示するために地面に張られる縄のことをいう。城や砦《とりで》を造る際にも縄張りがされる。縄を張った状態で区画の工事を任せる。任された側は「ここが俺の縄張りだ」と、責任を持って工事を請け負う。それが転じて、自分が占有する土地を〝縄張り〟と呼ぶようになった。

「任しといておくんなせい！　ご恩返しだ」

「若旦那のお仕事なら、ただでだって手を貸してぇところだ。そのうえ銭までもらえるなんて、こんなありがてぇ話はねえ！」

男たちはまるで祭のような騒ぎとなった。

となれば、いちばん浮かれてしまうのは卯之吉である。

「それ行け〜、楽しや、楽しや〜」

いつものように両手を振り上げて踊りながら、水に浸かったままの公領の中を進み始めた。

三

「八巻氏《うじ》が、なにやら妙なことを始めおったぞ」

徳川郷に水谷弥五郎がやってきて、朔太郎に告げた。

「倉賀野宿に大勢の人を集めて、壊れた堤のほうに向かって行った」

徳川郷では駆け込み宿が五軒と、その他の店がいくつか建ち並んで、小さな宿場を成している。家屋に挟まれた道には、朔太郎の他に、荒海一家の三右衛門たちが集まっていた。

ガラガラと車軸を鳴らしながら荷車が押されてくる。狭い道は密集した男たちでごった返していた。

弥五郎の話を聞きつけて、三右衛門が寄ってきた。

「旦那が何事かおっ始《ぱじ》めたってんですかい？　そうと聞いたら、こうしちゃいられねぇ！」

駆けだそうとする三右衛門を朔太郎が止めた。

「どこへ行く」

「旦那の所に決まってるじゃねぇですかい！　オイラは八巻ノ旦那の一ノ子分

だ。旦那が行く所、どこへだってついて行きやすぜ」

「いや待て。今は市太郎の身を守るのが先だ。恐ろしい使い手に命を狙われておるのだぞ」

「新潟湊のお店野郎がどうなろうと、知ったこっちゃねぇ。旦那だってお命を狙われてる。そっちのほうが大事だ」

（やれやれ）と朔太郎は呆れた。

（主あるを知りて主に主のあるを知らず、とは、このことだな）

卯之吉は南町奉行所の同心。天下の太平のために働く役人だ。新潟湊の抜け荷騒動は、天下の大乱を招きかねない一大事である。同心ならば一命を投げ出してでも、事の究明に当たらねばならない。同心自身の命など、天下の大事の前には二の次なのだ。

しかし三右衛門と荒海一家は、卯之吉を大事に思う余りに、卯之吉の命よりも大事な役儀がある、などということは理解していないし、理解もしない。主人は大事にするが、主人の主人（すなわち公儀）は大事にしないのである。

由利之丞が旅籠から出てきた。どこで手に入れたのか、紋付きの黒羽織の古着を着ている。古着ではあるが遠目には、立派な同心に見えなくもない。

朔太郎は三右衛門に囁きかけた。

「卯之さんの命を狙っている曲者は、由利之丞のことを卯之さんだと思い込んでいる」

「そうですぜ。由利之丞を替え玉に仕立てるってのは、このあっしが立てた策ですぜ」

「まことに妙案であった。お陰で曲者の目は、由利之丞に引きつけられているはずだ」

「それなら心配《しんぺ》ぇいらねぇですな。あっしは旦那の許《もと》に駆けつけやす」

「待て待て。お前たち一家があっちに行ってしまったら、曲者どもに替え玉の件を覚られてしまうではないか。荒海一家は、常に〝南町の八巻〟の傍にいる。お前たちは由利之丞に従っていなければならん。それが卯之さんの身を守る最善の策なのだ」

「なんのかんのと言ってますがねぇ――」

「聞け！　新潟湊の抜け荷騒動を暴けば、南町の八巻の大手柄となるのだぞ」

「えっ、なるほど。そういうことですかい！」

単純というのか、呑み込みが早いというのか、三右衛門は一瞬で顔つきを改めた。

「これが旦那のお役に立つというのなら、あっしらは身を惜しむもんじゃあござんせん」

「そうだ。これは、隠密廻同心の八巻の、大事な役儀なのだ」

「ようがす！　ここ一番の働きを見せつけて、越後国は新潟湊にまで、旦那の勇名を轟《とどろ》かせてご覧にいれまさぁ！」

すっかりその気になったところで、市太郎が担ぎ出されてきた。荷車には布団が敷いてある。荒海一家の子分たちの手を借りながら、静かに身を横たえた。

「よぅし！　準備万端、整ったな」

由利之丞が鋭い眼光を左右に投げて、荒海一家を睥睨《へいげい》しながら見得《みえ》を切った。

「おうっ、三右衛門！　短い間によくぞこれだけの若い衆を集めたもんだ。褒めてやるぜ」

それどころか、
などと言ったものだから、

「この野郎ッ、調子に乗りやがって！」

三右衛門が満面を紅潮させて激怒した。いきなり折檻《せっかん》の拳骨《げんこつ》を振り上げようとする。

「待て待て」

朔太郎は慌てて止めた。

「市太郎は、由利之丞を卯之さんだと思い込んでるんだ。お前ぇさんも芝居につきあってくれなくちゃ困る」

「由利之丞の横っ面《つら》のひとつも、張り倒してくれねぇことには、腹の虫が治まらねえ！」

「卯之さんの身を守るためだ。辛抱しろ」

二人が小声でやりあっている間に、由利之丞は颯爽《さっそう》と行列の先頭に出た。

「ようし、出立《しゅったつ》だ！」

（まったくいい気なもんだぜ）

三右衛門を必死で宥《なだ》めながら、朔太郎は溜め息をついた。

一方、卯之吉に率いられた集団は、渡良瀬川《わたらせがわ》の河川敷へと入った。

決壊した堤の修繕は、必要な予算を卯之吉が炊き出しに流用してしまったので、まったく進んでいない。

そのせいで足場が極めて悪い。どこもかしこもが泥の海だ。干潟《ひがた》のようになった場所に、所々、杭や棒が刺してある。

「なるほど、縄が張られてる」

男たちが目を向けて頷き合った。

「あの縄に沿って、泥を掘り起こせばエエんだな」

その縄張りは銀八が苦労して、こけつまろびつし、頭から尻まで泥だらけになりながら、刺して回ったものだ。卯之吉は高い土手の上から指図しただけである。粗忽者《そこつもの》の銀八は、一歩足を進めるたびに転んだり尻餅《しりもち》をついたりして、卯之吉をたいそう面白がらせたものだった。

男たちが鍬や鋤を担いで泥の中に踏み込んでいく。多少、水は深いが、泥田での農作業に慣れた百姓たちにとっては、なんということもない。銀八ならば五回は転がるはずの距離を易々《やすやす》と踏破《とうは》して、

「それじゃあ、掘り起こすべぇ」

腰を入れて力強く鍬を振り下ろした。足元の泥を掘り返し始めた。

「掘った泥は、畚《もっこ》に入れて、堤があったほうへ運んでいってください」

卯之吉が指図する。

「よしきた」

男たちは二手に分かれると、土を掘る組と運び出す組とで協同して、みるみるうちに泥沼を掘り返していった。

「いやぁ皆さん、お見事なお仕事ぶりですねぇ。見ていて、いっそ、気持ちがいい」

この場で一人だけ怠惰《たいだ》な卯之吉が、そんなことを言った。

「親分、始まりやしたぜ！」

物陰に隠れながら伊佐が指を差した。

辰兵衛も身を低くさせながら卯之吉たちの様子を窺っている。「うむ」と大きく頷いた。

「小判の隠し場所が決まったようだな」

「親分。隠し場所さえわかればこっちのもんだ！　夜になったら掘り起こしてくれやしょうぜ」

はしゃぐ伊佐を尻目に、代貸の政三は陰気な顔つきで考え込んでいる。

「親分、こいつぁ変じゃねぇですかい？　金を隠すために大勢の人出を出したりしたら、口伝《くちづ》てに隠し場所が外に漏れやすぜ」

作業に携わった男たちの口を塞ぐことは難しい。

「まさか、八巻の野郎、あの百姓連中を残らず斬って捨てる、って魂胆でもねぇだろうし」

城の抜け穴の秘密を守るために労働者を皆殺しにした、などという伝説は日本中のいたるところにあるが、そんな乱暴な話は戦国時代でもなければ通用しない。

辰兵衛は首を傾《かし》げてから、

「いっときだけの隠し場所にするつもりかもわからねぇ。いっときだけなら、見張りを立てとけば、なんとかなる」

思案してから、そう言った。

「ともかくだ。あれだけの人数を雇って穴を掘らせてやがるんだ。人を雇うのだって只《ただ》じゃねぇ。よほどのお宝を隠すつもりに違ぇねぇだろうよ」

「へい」と、政三と伊佐は声を揃えた。

四

庄田朔太郎は、上州路を北へと、越後国に向かって進んでいった。

贋《にせ》同心の由利之丞と、護衛の水谷弥五郎、渋々と従う荒海一家の三右衛門と子分たちが連なっている。

弥五郎は手に五尺ばかりの杖を携えていた。良く見れば鉄製だ。鉄杖《てつじよう》で大男の打ち込みに対抗しようというのであろう。

子分たちが引く荷車には市太郎が身を横たえている。布団に寝かされ、身体《からだ》の上には莚《むしろ》が被《かぶ》せてあった。車輪がゴトンと軋《きし》むたびに苦しそうなうめき声を上げる。いかに卯之吉が糸で縫い合わせたとはいえ、背中の傷はまだ治りきってはいないのだ。

（急がせるわけにもいかねぇが……）

行列を宰領《さいりよう》する朔太郎は苦渋の面持《おもも》ちだ。

抜け荷の証と裏金は、早急に押さえなければならない。敵に奪われてから臍《ほぞ》を噛んでも遅い。

市太郎には辛抱してもらわねばならないが、かといって傷に障《さわ》って、再び昏睡《こんすい》されても困る。

「ふぇぇ、おかしな形をした山がたくさんあるよォ」

由利之丞が場違いな声を張り上げた。

「これが上州のお山かい」

西に目を向ければ奇岩の連なる異様な山塊《さんかい》が目に飛び込んでくる。

「まるで海の荒波が固まったみたいな形だ」

「あれが妙義山《みようぎさん》だ」

弥五郎が説明した。

上野国の山並みは、溶岩が冷えて固まってできた時の、そのままの格好をしている。まさしく荒波か、あるいは鋸《のこぎり》の歯のような形状だ。

「あの山を越えて行くのは大変だねぇ」

江戸育ちで遠出の嫌いな由利之丞は、早くも嫌気の差した顔をしている。弥五郎も呆れ顔だ。

「おいおい、お前は南町の八巻氏を演じているのだぞ。シャンとしろ。替え玉だと露顕してしまうではないか」

「若旦那だって、峠越えなんか嫌がるに決まってる」

「三国屋の卯之吉を演じろと言っているのではない。評判の辣腕《らつわん》同心らしくしろ、と言っておるのだ」

弥五郎は目を北方に向けた。榛名山《はるなさん》と赤城山《あかぎさん》の二つの山容に挟まれた、広大な平野が広がっていた。

「我らが向かうのは、あちらの方角だ」

「どっちにしたって山越えじゃないか」

由利之丞の愚痴《ぐち》は止みそうにない。

つい先日まで、上野国の山並みは梅雨《つゆ》の雨雲によって隠されていた。遥《はる》か彼方の山を、くっきりと見せつけられて、「あの山の峠に向かう」と告げられるのは、たしかにきつい話ではあった。

それから半日ばかり、北へ向かって進み続けた。

「なんてこった。坂道だ」

由利之丞が驚いた顔でそう言った。

江戸で生まれ育った由利之丞にとっては、世界はどこまでも平らな地平であった。それが当然のことだと理解していた。地面が急な坂になって、山に向かって伸びている——ということそのものが驚異であった。

もちろん江戸にも坂は多いが、江戸の坂などは、すぐに途切れて高台の上に出てしまう。標高二十五・七メートルの愛宕山を〝山〟と呼んでいたぐらいに平らな土地なのだ。

「なんてこった。この坂はどこまで続くんだ。どんどん険しくなってくるじゃないか。オイラ、気分が悪くなってきた……」

「たかが山道ぐらいで大げさな。三国峠を越えれば反対側の越後に出る。そうしたら、また、平らな土地がひろがっておる」

由利之丞と弥五郎の小声での遣り取りを耳にしながら、朔太郎は周囲の気配に耳を澄ませた。

道の左側は山林だ。道は曲がりくねりながら坂を上っていく。見通しは悪い。道の右手は深い谷間になっている。遥か下のほうから渓流《けいりゅう》のせせらぎが聞こえてくる。

「おい、三右衛門」

朔太郎は三右衛門を呼んだ。

「剣呑《けんのん》な様子になってきたのではないか」

木々の陰から、いつ、曲者が飛び出してくるかもわからない。あの凄《すさ》まじい斬撃をいきなりに食らったら、とうてい避けようがない。

「鉄砲はどうした」

三右衛門も喧嘩出入りに明け暮れた半生で、身の危険には敏感だ。緊迫した表情で答えた。

「持ってきては、おりやすがね。弾を籠めて火縄を挟んだ鉄砲を構えさせて歩いたりしたら、それはそれで大騒動になりやすぜ。なにしろオイラたちはこの人相風体《ふうてい》だ」

ヤクザ者の一家が鉄砲を携えて旅などしたら、たちまち近隣の大名家が軍勢を差し向けてくる。

朔太郎は面相をしかめさせた。

「ともあれ鉄砲は出しておけ。街道の役人に見咎《みとが》められたら、オイラが身分を明かして、なんとかする」

「わかりやした」

三右衛門は行列の後ろに走った。その姿は、曲がった道に張り出した土手の陰に隠れて、たちまちにして見えなくなった。

「鉄砲を出せぃ」

と、子分衆に指図する声だけ、聞こえた。

朔太郎は荷車の上の市太郎に顔を寄せた。

「おい、裏金の隠し場所ってのは、まだ遠いのかい」

市太郎は目を開けた。顔色は悪い。満面に脂汗《あぶらあせ》を滲ませている。背中の傷の傷みが酷《ひど》いのだろう。

「……はい、確か、この辺りでございます……。この木立《こだち》には、見覚えがございますので……」

「見覚えったって、お前ぇ」

山に生えている木に、特徴的な違いなどはない。

「おい、大丈夫かよ。頭が朦朧《もうろう》としてるんじゃねぇだろうな？」

弥五郎もやって来た。

「近くの宿まで戻ったほうが良いのではござるまいか」

「うむ。市太郎の回復を待つとするか」

などと言っていたその時であった。

「弥五さんッ……！」

由利之丞が血相を変えて走り寄ってきた。

「アイツだッ」

朔太郎と弥五郎は由利之丞が指差す先に目を向けた。

真っ黒な巨体が山の斜面をものともせずに駆けてくる。まさに野生の生き物だ。

「来たか！」

弥五郎は懐から襷《たすき》を出して袖を絞り始めた。

「三右衛門ッ」

朔太郎が呼ぶと、三右衛門が子分の二人――粂五郎とドロ松《まつ》に鉄砲を持たせてやってきた。

「曲者がとうとう出やがったか！　おいッ、野郎ども！　市太郎を荷車から下ろすんだ」

何をする気かと思ったら、荒海一家の子分たちは、市太郎を下ろして空になった荷車を、片方の車輪を下にして倒した。荷車で山道を塞いだのだ。

「なるほど、横倒しにした荷車を盾にして、敵の突進を防ごうという策か」

山道でなら十分な陣地となり得る。

三右衛門は子分たちに矢継ぎ早に指図した。

「火縄に火をつけろ！　弾薬を籠めたら、十分に突き固めるんだ！」

槊杖《かるか》という棒で火薬と弾を、銃身の奥まで突っ込まなければならない。突き込みが不十分だと発火しない。ヤクザ者たちは猟師ではないので、火縄銃の扱いは不慣れなのだ。

そうこうする間に、大男が行列に突っ込んできた。

「ひいっ！」

由利之丞が急いで荷車のこちらに逃げてくる。それでも同心芝居は忘れずに、

「この八巻をつけ狙うとはいい度胸だ！　お前ぇたち、曲者を即刻、お縄にかけろ！」

などと叫んだのだから、たいした役者根性であった。

大男は荷車が道を塞いでいることに気づいたであろうが、意に介する様子もない。

「チュ――イッ！」

大上段に構えた刀を、力一杯に振り下ろす。荷車の轅《ながえ》を一太刀で切断した。

「なんてぇ馬鹿力だ！」

三右衛門が目を剝いて驚愕《きょうがく》する。

「まずいよ、荷車を踏み越えられたら……」

由利之丞が声を震わせた。

「わしが相手だ！」

弥五郎が五尺の鉄杖を構えて迎え撃つ。荷車と大男の間に割って入った。

ブンブンッと唸りを上げて鉄杖を軽々と振り回す。弥五郎もまた、怪力の持ち主だ。

「トウッ！」

頭上で大車輪に回していた鉄杖を、大男目掛けて叩き込んだ。

大男は刀で鉄杖を打ち払う。ガキーンと凄まじい金属音が響きわたる。三国街道が伸びる山地の谷間に谺《こだま》した。

鉄の杖はすなわち鉄の棒だ。そんな物での打ち込みをまともに受けたら、普通の刀は折れるか曲がるかしてしまう。刃こぼれもする。

しかし大男の刀は身幅の分厚い同田貫《どうたぬき》だった。さらに言えば、この大男の剣術は、刀の切れ味など無関係である。相手の身体や骨格を、斬るのではなく粉砕《ふんさい》する。刃こぼれなど無視して、弥五郎の鉄杖をギリギリと押し返した。

「うおっ？」

さしもの弥五郎が真後ろに仰《の》け反《ぞ》った。

「これほどの力だとは……！」

弥五郎の体格も、常の人よりはずっと大きい。剣で打ち合って、自分のほうが押し返される、などという体験は、身体が小さかった子供の頃以来だ。

「なんてこった！　水谷先生が、腰砕けになってる！」

荒海一家の子分が叫んだ。子分衆にしても、ここまでの窮地に陥った弥五郎を見たのは初めてなのだ。

「鉄砲だ！　急げ！」

三右衛門が叫ぶ。しかしヤクザ者は元々不器用だ。小器用に作業がこなせる人間ならば、ヤクザにはならずに職人になった者もいるだろう。

不器用に——そして自分の不器用さに苛立ちながら——弾籠めを終えた粂五郎とドロ松が、筒先を大男に向けながら踏み出してきた。

「田舎侍野郎ッ、ブッ殺してやるッ！」

そう叫んだのは粂五郎だ。ドロ松も鉄砲を構えて狙いをつける。

「くたばりやがれッ」

二人は引き金を思い切り引いた。火縄を挟んだ火挟みがガチンと落ちて火皿の火薬を発火させる。火皿でボンッと煙があがった。

その白煙が噴き上がるのを見て、大男がサッと身を伏せた。直後、二丁の火縄銃で二度目の火薬が破裂して、爆音とともに鉄砲玉が放たれた。

だが、その鉄砲玉の二発は、大男がサッと身を伏せた後の、何もない空間を通りすぎただけであった。

「外れた！」

由利之丞が悲鳴を上げる。

「馬鹿野郎ッ！　しっかり狙いをつけろ！」

三右衛門が怒鳴り散らす。ドロ松は面目《めんぼく》なさそうな顔つきだ。

「だけどよ、親分。火縄銃ってヤツは、引き金を引いてもすぐには弾が出ねぇもんだから……」

「そうか、クソッ」

火縄銃は、弾を飛ばすための火薬に火をつけるために、火皿の火薬に火をつけなければならない。つまりは二回、火薬を発火させなければ弾が飛び出して行かない構造なのだ。

一度目の発火が見えた時点で、伏せるなり、身を隠すなりすれば、弾を避けることも難しくない。接近戦で使用するには、まったく不向きな武器なのだ。

しかも弾籠めには時間がかかる。

大男が再び大刀を振り回して暴れ始めた。

「間に合わないッ。荷車を踏み越えられちゃう！」

由利之丞は早くも逃げ腰、後ろを向いて走り去ろうとした。その襟首を三右衛門が摑む。

「野郎の狙いは八巻ノ旦那、つまりは手前ぇを仕留めることだぜ。手前ぇがここから一人で逃げたら、野郎は俺たち一家や、水谷先生などには目もくれずに、手前ぇ一人だけを追っていくぞ！」

「あわわわ……」

由利之丞はその場にストンと尻餅をついた。逃げても死ぬ。踏みとどまっても殺されそうだ。

弥五郎が鉄杖を構えて再度立ちはだかる。

「わしがくい止める！　弾籠めを急げ！」

今度は鉄杖を、腰だめに構えて槍のように突きつけた。

大男は真っ向から迎え撃つ。鉄杖と同田貫が打ち合って、またしても大きな音を立てた。

「きぇ――いっ」

大男が猿のような雄叫《おたけ》びを上げた。弥五郎は押し負けまいと腰を入れて鉄杖を突き出す。

大男の膂力《りよりよく》はたいしたものだ。重くて長い刀を軽々と振るう。

「チュ――イッ!」

目にもとまらぬ早業で、独特の気合とともに斬りつけてくる。

弥五郎は防戦一方だ。長い武器という利点があるにもかかわらず、劣勢に立たされて、押しまくられている。

由利之丞はハラハラと見守る。粂五郎とドロ松は大汗をかきながら弾を籠めている。ヤクザ者たちは本当に不器用だ。器用だけが取り柄《とりえ》の卯之吉であれば瞬時にやってのけるような作業を、おぼつかない手つきで、考え考えしながらやっている。銃口から火薬は盛大にこぼすし、まったく見ていられない。

(早くしないと弥五さんが斬られちゃう!)

恐怖で気が遠くなってきた頃になってようやく、

「ようし、ぶちのめしてくれる！」

威勢だけは良く、粂五郎が銃口を大男に向けた。

それに気づいた大男は、いったん弥五郎から距離を置こうとした。弾を避けて身を伏せたところを鉄杖で殴られてはたまらないからだ。

「そうはさせるか！」

弥五郎はここぞとばかりに踏み込んだ。大柄な男二人の身体が交差する。

弥五郎は巧みに鉄杖を使いつつ我が身を敵に密着させた。上州で盛んな剣術の流派の馬庭念流《まにわねんりゅう》に〝続飯付《そくひづけ》〟という技がある。続飯とは糊《のり》のことだ。相手が引けば、引いた分だけ踏み出し、踏み込んでくれば、踏み込まれた分だけ引く。ピッタリと張りついて相手を翻弄《ほんろう》、苛立たせて消耗させる。

上州でも修行に明け暮れた弥五郎は、続飯付の勘どころを身につけていた。大男に密着して、敵が弾をかわして身を伏せることができないようにしたのだ。

「今だ！　撃てッ」

弥五郎が叫んだ。

「弥五さんッ」

由利之丞も絶叫した。ヤクザ者たちは弾籠めも素人《しろうと》だが、狙いをつけて撃つのも素人だ。揉み合ったままの二人を撃ったなら、きっと弥五郎の身体にも当たってしまう。

「かまわん、撃てッ」

弥五郎が続けて叫んだ。

今、この大男を仕留めることができなければ、いずれこの場の全員が大男の手にかかって死ぬ。この男はそれほどまでの強敵、化け物だ。

喧嘩の場数を踏んでいる荒海一家の者たちも理解していた。

「先生ッ、すまんッ」

粂五郎が狙いをつけて引き金を引く。火縄が落ちて火皿の火薬が火を吹いた。

「ぬおおおおっ！」

大男は渾身《こんしん》の力を籠めて弥五郎を押した。弥五郎は突き離されまいとして、大男の襟首をムンズと摑んだ。

だがやはり、大男のほうが体力は上だ。弥五郎の足が、山道を踏み外した。

二丁の銃が火を噴いた。この間、一瞬――。

山道を踏み外した弥五郎と、弥五郎に絡みつかれた大男は、谷底へと投げ出され、転がり落ちて行った。

「弥五さぁんッ」

由利之丞が荷車を跳び越えて駆け寄る。谷を覗きこんで、

「あああ……」

と、絶望の声を漏らした。谷底には渓流があったが、それは遥か遠くに見える。谷は、目も眩《くら》みそうな高さであった。

三右衛門も駆けつけてきた。

「木が繁っていて、何も見えねぇ」

弥五郎と大男の姿を探したが、すぐに首を横に振った。

「野郎を仕留めたかどうかも、わからねぇな」

鉄砲の弾が大男の袖に当たって布地を裂いたのは見えたが、致命傷になったかどうか、確かめようもない。

「親分、どうするのさ」

「どうするったって、お前ぇ、この谷に降りて行くのは無理だ。猟師や山伏でもあれば、できねぇこともねぇだろうが」

猟師や山伏の手配は、すぐにはつかない。

「親分、市太郎さんが……」

子分の一人がやってきた。市太郎は今の騒ぎが身体に触ったらしい。昏睡状態に陥ってしまったという。

「ここまでやって来て、なんたることだ！」

庄田朔太郎は、梢《こずえ》で隠された天を仰いで嘆息した。

第六章　孟夏《もうか》の風

一

「カッ掘《ぽ》れ、カッ掘《ぽ》れ！」

扇子《せんす》を手にした卯之吉が堤《つつみ》の上で踊っている。

眼下には泥沼と化した公領の低地が広がり、卯之吉の呼びかけで集まった男たちが鍬《くわ》や鋤《すき》を振り下ろしていた。

「わ、若旦那、危ねぇでげすよ！」

銀八が堤の土手を這《は》い上がってきた。

「ここだって、いつ崩れるかわからねぇんでげすから！」

公領を流れる大河には徳川幕府が、初代将軍・家康の代から営々と築いてきた堤が延びている。まるで大蛇のようにうねりながら、関東平野の遥《はる》か彼方《かなた》にまで続いていた。

　この堤防を決壊させられたことが、今回の水害の原因なのだが、卯之吉はまさにその堤の上にいる。いったん崩れた堤は、激流の圧力によって、続けざまに崩されていくはずだ。銀八が案じているのは、いずれはここも崩れはしないか、ということであった。

　卯之吉は高い所に立って、心の高揚を抑えられないでいるようだ。陽気も良い。見晴らしも良い。吹き渡る風もさわやかだ。

「そぅれ、カッ掘れ、カッ掘れ～」

　一人で楽しく踊っている。〝カッ〟は動詞を強調する接頭語だ。カッ飛ばせ、や、ブン殴れ、つっ走れ、などと同じである。〝掘れ〟を強調すると〝かっほれ〟となり、言いやすいように〝かっぽれ〟に転じた。

　休息時には労働者に対し、疲労回復のための糖分と興奮剤のカフェインが供与される。つまり砂糖入りのお茶、甘茶である。ここでも甘茶を煮出す釜が湯気を上げていた。

　男たちの意気もあがる。祭のような賑やかさ、勇ましさである。卯之吉が喜ばぬはずがない。奇声を張り上げながら堤の上を走り回って、銀八をうろたえさせた。

「若旦那～、下りておくんなさいよ～」

放蕩《ほうとう》息子の無茶ぶりを正して、常識の範囲内での遊びに収めるのも、幇間《ほうかん》の大事な仕事だ。

しかし卯之吉だけは、銀八の力ではどうにもならない。


そんな卯之吉の様子を今日もまた、辰兵衛一家が秘かに見張っている。

「クソッ、三国屋の若旦那め、こんなに大勢で穴を掘らせやがって、いってぇ、どういうつもりだ」

辰兵衛が悪罵《あくば》を吐き捨てた。

代貸の政三も身を低くしながら見守っている。

「親分の言いつけどおりに、一家の若い者を何人か、あン中に紛れ込ませやしたがね。まだ小判の在《あ》り処《か》は摑《つか》めていねぇようですぜ」

「クソッ、役に立たねぇ子分どもだぜ」

辰兵衛一家の伊佐は、腰まで泥に浸かりながら鍬を振るい続けた。

「おい、しっかりしろよ若《わけ》ぇの。腰が入っていねぇぞ」

白髪《しらが》頭の男に笑われた。一緒の組で働くことになった百姓親爺《おやじ》だ。皮肉るだけあって足腰も実に達者で、鍬を振るう手つきにも年季が入っている。

（クソッ、これだから百姓は嫌《きれ》ぇなんだよ！）

伊佐は心の中で悪態をついた。

根気がないうえに、能力もない。何をやらせてもモノにならない。能力が身につく前に、修業の辛さに辛抱できずに投げ出してしまう。そういう性格だから、ヤクザ者にしかなれなかった。

（親分の言いつけじゃなかったら、とっくに尻を捲《まく》ってらぁ）

尻を捲る――仕事や役目から離れる、という意味だ。

「おおい、若いの。鍬もまともに使えねぇのなら、畚《もっこ》運びに回れ」

さんざんに言われながら、伊佐は泥の中で働き続けた。

（八巻が隠す小判を盗み取ってやる！　そうしたらオイラは大金持ちだ！）

そう自分に言い聞かせて堪《こら》えた。

堤の上では三国屋の若旦那が浮かれ騒いでいる。ますます気分が悪くなってきた。

卯之吉は伸び上がって上州の方角に目を向けた。

「おや？　あれは、朔太郎さんと、三右衛門親分じゃないですかねぇ？」

呑気《のんき》な声を張り上げる。銀八も眉の上で小手をかざすと、ひょっとこみたいな顔で目を凝らした。

「本当でげす。由利之丞もいるでげすよ」

「隠し金は見つかったのかねぇ？」

興味を引かれると居ても立ってもいられなくなるのが卯之吉だ。いきなり堤の土手を駆け下りだした。

「若旦那！　そんなに急いだら危ねぇでげす！　それに、ここでのお指図《さしず》はどうなるんでげすか！」

低地に穴を掘って何をしたいのか、理解しているのは卯之吉だけだ。

(本当にわかってやらせていれば……、の話でげすが)

いずれにしても卯之吉に余所《よそ》に行かれてしまっては困る。

卯之吉は極めつけの移り気な性格だ。「あっちの遊びのほうが面白そうだ」と思ったら、それまでの遊興は、後始末もせずに放り出してしまうのである。ここでの作事も、どうでも良くなってしまう可能性が高い。

「若旦那～、待っておくんなさいよ～」

銀八は卯之吉を追って土手を下りた。そして盛大に転んだ。


「おっ？　三国屋の若造が動き出したぞ」

辰兵衛が眼光を鋭くさせた。堤を下りる卯之吉主従を目で追っていく。

「親分、あっしらも行きましょう」

「あたぼうよ」

辰兵衛と政三は身を低くしたまま、隠れ場所を離れた。

三国屋の若旦那と幇間は、北へ向かって進んでいく。

「あいつら、まるでナメクジみてぇに足が遅いぜ」

足元が泥まみれだということを差し引いても、もどかしすぎる。おまけにお供の幇間は、何度も無様に転倒した。

「親分、あっちからは行列だ！」

政三が彼方を指差した。

「列の中には八巻がいやすぜ！」

堤の上の卯之吉には見えていた行列が、辰兵衛たちの目には入らなかったのである。ようやく視界に飛び込んできたのだ。

辰兵衛が「おっ？」と声を上げる。

「荒海一家じゃやねぇか！」

「ずいぶんと物々しい行列ですぜ。役人らしいのも、一緒にいやがる」

「ふ〜ん」

辰兵衛は即座に悟った。

「とうとう小判を運んで来やがったんだな！　どこぞに隠しておいたのを、いま掘らせている穴に移しかえようって魂胆《こんたん》だ」

「なるほど、それに違《ちげ》ぇねぇ」

二人は畦道《あぜみち》の裏に隠れながら、一行の様子を窺《うかが》った。

「これはこれは八巻様。お役目ご苦労さまに存じます」

三国屋の若旦那の、緊張感のない声が聞こえてきた。

「冗談じゃないよ若旦那。そんなお為ごかしを言って、替え玉をずっとオイラに押しつけようったって駄目だよ」

由利之丞は疲れ切った口調で答えた。卯之吉の素《す》っ頓狂《とんきよう》な声とは違って、遠くまで響くことはなかった。

「おやおや。ずいぶんと気落ちなさっているご様子。朔太郎さんも」

「察しのとおりだよ」

朔太郎は武士の体面もどこへやら、窶《やつ》れた顔で答えた。

「とんだ見当外れだ。抜け荷の裏金は見つからねぇ。例の大男には襲われる。そのうえ弥五郎まで……」

「そういえば、水谷先生は、どこに行かれましたかねぇ」

「大男と取っ組み合ったまま、深い谷底に落ちちまった」

「おやまぁ」

卯之吉なりに驚いているのだろうが、真剣に驚いているようにはとても見えない。卯之吉とはそういう男だ。

由利之丞はすすり泣いている。

「また泣いてるのか。どんだけ泣けば気が済むんだ」

三右衛門が苦々しげに言う。だが、怒鳴りつけることはない。三右衛門なりに由利之丞を思いやり、弥五郎を悼《いた》んでいるのに違いなかった。

卯之吉は、荷車に寝かされた市太郎に目を向けた。荷車には急遽《きゅうきょ》、補修した痕《あと》があった。引くたびにガタガタと傾いて、乗り心地はさぞ悪かったことだろう。

「市太郎さんは、どうなさいましたね」

朔太郎に訊ねる。

「また気を失った。目を覚まさねぇ」

「そうですかね」

卯之吉は自分が歩いてきた方角に目を向けた。

「炊き出しのための小屋を建ててもらいましたから、まずはそちらにお移りいただきましょう」

「卯之さんの医工の腕だけが頼りだよ」

朔太郎は嘆息した。行列は再び、力のない足取りで進み始めた。

「八巻たちは、車を作事小屋につけやがったぞ」

辰兵衛たちはしつこくつきまとい、監視を続けている。

荷車には莚《むしろ》が被《かぶ》せてあった。市太郎の姿は見えない。

「ずいぶんと大事そうに運んでいやがる。八巻の他にも、立派な役人がついているぜ」

「間違いなく小判の山ですぜ、親分」

辰兵衛と政三は頷《うなず》きあった。車は小屋の向こう側に回った。そちらに入り口があるようだ。千両箱を確認することはできなかったが、まず、間違いないだろうとほくそ笑んだ。

「小判の在《あ》り処《か》さえわかれば、こっちのもんだ」

八巻が奪って隠した金は、辰兵衛たちが強奪しても、表沙汰にはできない。八巻にすれば、自分が最初に金を奪ったことまで、露顕《ろけん》してしまうからだ。

「大金を盗み取っても、お上に捕まる心配《しんぺ》ぇもいらねぇってこった。こんな都合のいい話が他にあるかよ！」

辰兵衛は乱杙歯《らんぐいば》を剝《む》き出しにして笑った。

二

その日の夜。辰兵衛は秘かに、手下の子分たちを倉賀野宿に集めた。

「八巻が埋めた小判を掘り起こすぜ！　野郎ども、鍬は持ったな！」

長脇差《ながどす》や匕首《あいくち》の所持を質《ただ》すならば恰好《かっこう》がつくが、侠客《きょうかく》が農具を手にした姿は様にならない。こんな恰好は街道の衆には見せられない、辰兵衛もそう思ったけれども、真夜中だから、宿場の町人や近在の百姓の目につくこともないだろう。

辰兵衛一家の子分衆は侠客ばかりとは限らない。宿場や河岸で働く者もいれば近在の百姓の次男や三男もいる。

そもそも侠客という商売は存在し得ない。なにがしかの表稼業を持たない者は、無宿人として牢屋送りにされてしまうからだ。

定職を持っている子分たちは、辰兵衛に声をかけられるとヤクザ者の本性を晒け出して集まってくる。かくして今宵《こよい》は三十人ばかりの大所帯となった。

一家は闇の中を、息をひそめて、足音を立てないようにして進んだ。半月が空にかかっている。遠くからは大河の流れる音が聞こえた。

「縄張りの小旗が見えてきたぞ」

三国屋の若旦那が立てた目印だ。辰兵衛は口許を歪《ゆが》めて笑った。

「わざわざ目印を立ててくれるなんてなぁ。間抜けな野郎だぜ」

彼方では合図の提灯《ちょうちん》が振られている。

「伊佐だ」

八巻や役人の見張りがいない時を見計らって、合図を送れと命じてあった。

「どうやら都合が良い様子だぜ」

辰兵衛はほくそ笑みながら泥濘《でいねい》に踏み込んだ。

「親分、こっちですぜ」

伊佐は嬉しそうに跳ねている。

伊佐もまた、大金を手に入れる喜びに酔っているのだ。小悪党が一生、否、人生を二回、三回と送っても、手に入れることの難しい大金が間もなく懐《ふところ》に転がり込んでくる。伊佐は笑い声を抑えかねて、「イヒ、イヒヒ」と不気味な声を漏らしていた。

「親分、三国屋の若旦那が熱心にほじくり返している場所があそこでさぁ。何度も竿《さお》を立てさせて調べていたから、間違いねぇですぜ」

「ようし、案内しろ」

辰兵衛一家は伊佐を先頭にして泥の中に入った。

「縄が邪魔だぜ」

引っこ抜いて一斉に鍬を入れ始める。

「ちっとばかしの音が立っても仕方がねぇ。八巻に気づかれる前に掘り起こすんだ」

「おうッ」

一家の者たちは威勢よく鍬を振るい始めた。激しく泥水が撥《は》ねて、時ならぬ水音が響きわたった。


「おや？　なんの物音ですかねぇ」

作事の縄張りの近くに建つ百姓家で卯之吉は寝泊まりしている。辰兵衛たちの物音に気づいて、ムックリと身を起こした。

「銀八、いるかえ」

「へいへい。ここに」

銀八は寝ぼけ眼《まなこ》を擦《こす》りながらやってきた。

「銀八。この音はなんだろう。見てきておくれ」

「へいへい」

銀八は眠そうな顔つきで外に出ようとした。

そこへ美鈴が障子を開けて飛び込んできた。

「怪しげな男たちが三十人ばかり、作事の場所で鍬を振るっておりまする！」

卯之吉は面白そうに微笑《ほほえ》んでいる。

「ははぁ、夜なべ仕事ですか。皆さん働き者ですねぇ」

「そうではございません。百姓たちは、夜中には決して働きませぬ」

美鈴の生家は江戸の外れにある。江戸とはいっても周囲には田畑が広がる在郷だ。百姓たちの暮らしは良く見知っている。それに母親は農家の出だった。

「それじゃあ、いったい誰が穴掘りをなさっているのですかね？　それはともかく美鈴様。あなた様は夜中でも袴《はかま》を着けて寝ていらっしゃるのですかえ」

美鈴は一分の隙《すき》もない武家装束で、腰には刀も差していたのだ。

「本当におかしな娘様ですねぇ」

美鈴はなんと反論したものか、言葉を失くした様子で唇をわななかせている。

「若旦那、若旦那」

銀八が慌てて卯之吉の寝間着の袖を引いた。

「若旦那の身を守るためでございますでげすよ。いつ、曲者《くせもの》がやってくるかわからねぇんでげすから」

「ははぁ、なるほどねぇ」

「美鈴様の女心を察してあげなければ、お可哀相でげすよ」

「女心かねぇ？　ハハハ。お前はいつも間の抜けたことを言う」

「へい。言葉を選び間違えたでげす。ですがね若旦那。そうしたらこれは、ナニ心って言うんでげすかね？」

「もうっ、知りませんッ」

美鈴はプンプンとむくれながら飛び出して行った。

「あわわ……。こうなったら、あっしにも取りなしできねぇでげす」

美鈴は一角《ひとかど》の武芸者だ。むくれている時に近づいたりしたら命に関わる。

「ま、ともあれ、行って見てこようかね」

卯之吉はノソノソと布団から這い出た。


「ようし掘れ！　どんどん掘れ！」

辰兵衛と一家の子分たちは、取り憑《つ》かれたかのように足元の泥を掘り続けた。一攫《いつかく》千金の夢がもうすぐ現実のものとなるのだ。疲れも知らずに一心不乱に鍬を振るい続けた。

「どんだけ深く埋《うず》めたかもわからねぇ。ともかく掘りまくれ！」

「へぇい！」

考えもなしに泥地の底を荒らしまくる。

寝起きの卯之吉が寝ぼけ眼を擦りながらやってきた。少し小高い道の上から遠望する。

「おやおや。そんなに無闇やたらに掘ったりしたら……。あたしの苦労が水の泡ですねぇ」

美鈴は油断なく身構えながら、卯之吉に質した。

「あの者たちは、いったい何をしているのでしょう？」

「それは量《はか》りかねますけれどねぇ。あんなふうに掘ったりしたら、抜けちゃいますよ」

「抜ける？　何がです？」

「水です」

辰兵衛一家はさらに地面を掘り進めた。

「クソッ、まだか。千両箱は出てこねぇのか！」

辰兵衛も鍬を振り下ろしている。

「日が昇る前に見つけて運び出さねぇと面倒なことになるぜ」

子分たちは「へいっ」と答えて、鍬を握る手にいっそうの力をこめる。その時、伊佐が「あっ」と叫んだ。

伊佐の鍬が、何か固い物にガツンとぶち当たったのだ。

「何か埋まっていやすぜ！」

伊佐が叫ぶと、ヤクザ者たちは「おおっ」と一斉に沸き立った。

「ついに見つけたか千両箱を！　掘り起こせ！」

「へいっ」

辰兵衛に命じられて伊佐は鍬を盛んに振り下ろした。そしてその固い物の根元に鍬の先を打ち込むと、梃子《てこ》の要領でグイッと起こしにかかった。

「提灯！」

暗くて何も見えないので、辰兵衛は提灯を持つ子分を呼んだ。

子分が提灯を翳《かざ》す。ヤクザ者たちが集まり、前屈《まえかが》みになって目を向けた。

だが、期待の表情は、すぐに落胆のそれへと変わった。

「なぁんだ、ただの石じゃねぇか」

泥の中から掘り起こされたのは大きな石であったのだ。

「あああ……」

伊佐が脱力して、泥の中にへたり込んだ。

「この間抜け野郎め」

辰兵衛が叱りつける。集まってきた子分たちも、鍬を手にして持ち場に戻った。

「とんだ人騒がせだぜ」

「しっかしよォ、これだけ掘って見つからねぇってのは、どういうことだい」

子分たちがブツブツと文句を言い合っていた、その時であった。

彼らの足元の水が、サーッと流れ始めた。

「……なんだ?」

低地の一面を浸していた泥水が、突然に流れ出したのだ。踝《くるぶし》まである水が次第に勢いを増して、やがては激しい泥流となっていく。

「いってぇ何が起こったんだ!」

ヤクザ者の一人が叫んだ。

「ついに水路が、できてしまいましたねぇ」

卯之吉がのんびりとした口調で言った。

「何が起こっているのです？」

「公領の田畑に溢れた水が、元の川に戻ろうとしているのです。梅雨《つゆ》の長雨で水《みず》嵩《かさ》を増した川面は、田畑よりも水位が高くなってしまったので、堤が壊されると公領の田畑に流れだしたわけですよね？」

「そうです」

「ここのところの好天で、川の水嵩は下がりました。だけど田畑の水は引きません。水をはけるための水路が、堤防の決壊の時に溢れた土砂で埋まってしまったからです。そこであたしは、新たに水路を掘ろうと考えたわけですね」

「旦那様が縄張りをした水路ができあがれば、田畑の水は、自ずから引いていくはずだったわけですか？」

「そういうことですけどねぇ。川へ繋《つな》ぐ箇所の作事が難しい。下手をすると、水路を掘っているお人たちまで流されちまいますから。水が一気に流れる時の力ってのは、それはそれは、凄《すさ》まじいものがございますからねぇ」

卯之吉は、ますます激しく流れ行く水の先を見つめた。

「火薬《ひぐすり》を取り寄せて、吹き飛ばそうと思っていたのですがねぇ……。どなたかは存じませんが、勝手に掘り返しちまったようですねぇ」

「助けてくれぇ」

叫び声が聞こえてくる。

「ああなっちまったら、どうにもこうにも、お助けのしようがございませんねぇ」

卯之吉はしんみりと答えた。


「流されるッ！　親分っ、助けてっ」

伊佐の声がした。

この辺り一帯の田圃《たんぼ》と野原を浸していた水が、残らず大波になって押し寄せてくる。

「畜生ッ、摑まれ！」

政三が叫ぶが、摑まる物などありはしない。互いに手を握ったところで、足元は泥の地面ごと流れていく。

「うわあっ！」

「お助けーッ」

ヤクザ者たちは次々と足を取られて転倒し、そのまま起き上がることもできない。

「何がどうなってるんだ！」

辰兵衛は悲鳴を上げた。

「まさか……、八巻め、俺たちに罠を仕掛けていやがったのか！」

自分たち悪党を一気に押し流して、溺《おぼ》れ死にさせる策だったのか。

「俺たち一家に、御用金の横流しの証拠を握られたから、口封じをしようってわけかい！」

よもや、侠客一家の全員を始末する策があるとは思わなかった。こんな手段で皆殺しを謀《はか》るとは――。

「畜生ーッ、八巻ィ、やっぱり手前ぇは江戸一番の同心、いや、江戸一番の大悪党だぜぇッ」

ひときわ大きな波を食らって、辰兵衛は為《な》す術《すべ》もなく押し流された。伊佐や政三も泥の中に沈んでいく。

時ならぬ地響きが轟《とどろ》いた。将軍家御位牌所、満徳寺の本堂をも揺るがし、障子をガタガタと揺らした。

「何事ッ」

住職の梅白尼が白絹《しらぎぬ》の寝間着姿で飛び起きてくる。

「地震か。それとも山焼けか！」

山焼けとは火山の噴火のことだ。上野国は活火山地帯で、浅間山や赤城山などが連日のように白煙を上げている。

秀雪尼が別棟の僧坊から駆けつけてきた。

「何が起こったのかは計り知れませぬが、寺役所にいた庄田朔太郎を調べに走らせましたゆえ、おっつけ報《しら》せが届きましょう」

「うむ。万が一に備えて、御位牌を車長持《くるまながもち》に移すといたす」

車長持とは底に車輪のついた長持のことで、貴重品の移動に使用される。

「長持に御位牌を入れるなど、不敬も極まるが、火急の事態じゃ！」

梅白尼と秀雪尼は御位牌所に向かった。


満徳寺より二町ばかり離れた所にある徳川郷では、炊き出しに集まっていた百姓たちも起き出してきて、不安に満ちた表情を地響きの聞こえる方角に向けていた。

由利之丞と三右衛門も駆け込み宿から出てくる。通りに立つと北の夜空を見上げた。

「親分、なんだろうね、この物音は」

「わからねぇ。だが、大水が出た時の音に似ているな」

由利之丞は愛らしい顔をしかめた。

「次から次へと本当に、もう……。オイラ、江戸に帰りたいよ」

「そうはいかねぇ。旦那から預かった市太郎がいる」

「若旦那が、また、おかしなことをしでかしたんじゃないだろうねぇ」

由利之丞は疲れた顔で首を横に振った。

三

翌朝、昨夜の轟音《ごうおん》ですっかり怯《おび》えた百姓たちが、日の出とともに恐る恐る、起き出してきた。そこで彼らが見たものは、晴れ渡る青空の下に広がる田畑であった。

「水が引いたぞーっ！」

歓喜の叫びが村々に響く。

「やれ嬉しや！　御仏《みほとけ》のご加護か！」

百姓たちは小躍りして喜んだ。

「なんとした事だッ」

中島四郎左衛門には、我が目で見ている光景が信じられない。昨日までは泥水の底に沈んでいた公領の田圃と畑が姿を現わしたのだ。

「いったい何が起こったのだ！」

考えても、考えても、わからない。

「まさか……、本多出雲守が何かを仕掛けたというのか。出雲守の働きかけで、一挙に水が引いたのか」

もしもそうなら大変なことになる。公領復旧は出雲守の大手柄となり、筆頭老中に返り咲くかも知れないのだ。

「我が殿は、どうなる」

出雲守の失脚がなくなれば、酒井信濃守の出世の芽も消える。老中就任の芽がついえてしまう。

四郎左衛門は茫然《ぼうぜん》として立ち尽くした。

細長い箱に水をいっぱいに入れて零《こぼ》れないように設置する。これで〝水平〟が確保される。

卯之吉は水平器の端に付けられた目当てから、反対側の端に付けられた〝星〟を覗《のぞ》いた。そのずっと先には竿を持たせた銀八が立っている。竿につけられた目印を見れば、銀八が立つ場所と、卯之吉の立つ場所との比高《ひこう》がわかる。

「そこに縄張りの杭を打っておくれ」

卯之吉は銀八に指図した。

同じ高さの場所に、順に杭を打っていく。その縄張りに沿って溝を掘れば用水路ができる。田畑の水を川に導くことが叶《かな》うはずだ。

「これも蘭学の知恵にございますか」

旗竿を担《かつ》いだ美鈴が質した。卯之吉は「いいえ」と答えた。

「こんなものは、本朝（日本国）で大昔から知られていたことですよ。田圃を初めて作った頃から、川の水を引いたり、沼地の水を抜いたりしていたはずですからね」

「左様ですか」

田圃をちょうど良い水の深さに調節しないと、稲を育てることはできない。

卯之吉は少しだけ神妙な顔をした。

「まぁ、それにしても、川砂を被った田圃を元に戻すのは大変ですよ。炊き出しのお米がもっともっと、必要かもしれませんねぇ」

そして突然に踊りだした。

「倉賀野の江州屋さんのところに、無心に行きましょうかねぇ」

測量には飽きてしまったのかもしれなかった。


本多出雲守が江戸城御殿の大廊下をのし歩いてくる。お城坊主たちが一斉に道を空《あ》ける。その場に跪《ひざまず》いて平伏した。

旗本はもちろん、大名たちも足を止めて低頭する。出雲守はまっすぐ前を向いたまま、傲然《ごうぜん》と胸を張って評定所に入った。

評定所は幕府の最高議会で、老中、若年寄、三奉行、などなど、幕閣の重職たちが勢揃いする。出雲守が踏み込むなり、皆、一斉に頭を下げた。

出雲守は、皆が下げた頭の前を堂々と通って、一番の上座まで進むと、腰を下ろした。

「ご一同、お集まりでござるな」

一同を睥睨《へいげい》して声を掛ける。皆一斉に、「ハハッ」と答えた。

「お手をお上げなされ」

皆に面《おもて》を上げさせると、昨日まで失脚の瀬戸際にあったとはとうてい思えぬ尊大な態度で頷き返した。

「皆々、すでに承知のことと思うが、公領の出水がようやくに引いた。もちろんこれは、このわしの意を受けた者どもの働きによるものじゃ。筆頭老中たる、このわしの命によって、成し遂げられた壮挙じゃ。それに相違あるまいな、勘定奉行殿」

勘定奉行の一人が、急いで平伏して答える。

「公領に届けし御用金を、本多出雲守様の御下命《ごかめい》にて、南町奉行所の隠密廻同心、八巻に渡したとの由《よし》、報せが届いておりまする」

「おうおう。それじゃ。八巻と札差の三国屋に善処をいたすように命じてあったのじゃ」

すかさず寺社奉行が、出雲守におもねるような顔を向けた。

「満徳寺のご住職様よりも報せが届けられておりまする。隠密廻同心の八巻の働きの見事さを褒《ほ》め称《たた》えておわしました。百姓たちへの炊き出しに八方手をつくし、窮民《きゆうみん》を飢えより救ったとのこと。領民一同は、八巻の――否、お上の救恤《きゆうじゆつ》に感謝をいたし、生き神様よ、救い神よ、と称賛する声が天地に満ちておりまする。満徳寺様も、ご面目《めんぼく》を施《ほどこ》されたとの由にございまする！」

「うむうむ。さもあろう。まずは公領の民の心を安んじることが先決じゃ。民が飢えておったのでは、堤の修築のための人手を集めることもままならぬ」

ここで出雲守は、厭味《いやみ》な目つきを酒井信濃守に向けた。

「違いますかな、信濃守殿」

信濃守の内心は憤怒《ふんぬ》の炎に包まれていたであろうが、感情を面に出すほど愚かではない。腹芸の一つもできないようでは幕閣は勤まらない。ひたすら恭謙《きようけん》の素振りを装っている。

「まことに、まことに、ご老中様の仰《おお》せのとおりにございまする」

出雲守は「うむうむ」と満足そうに頷いた。

「信濃守殿も、ご家中を公領に差し向けて、公領の民の苦難を調べさせていたとのことじゃな。政《まつりごと》を預かる若年寄として当然のお働き。ますますもって頼りになるお人じゃと、この出雲守、信濃守殿には感服いたしたぞ」

言外に「お前が何をしていたのか知っているぞ」と臭わせる。

「お褒めの言葉を頂戴《ちょうだい》し、恐れ入りまする」

信濃守は素知らぬ様子で低頭した。


本多出雲守は上屋敷に戻った。

「信濃守めが、目を白黒とさせておったぞ。ぬははは。そのほうにも見せてやりたかったわい」

笑い声を上げながら書院に入ってくると、床ノ間を背にしてドッカリと座る。

下座では三国屋徳右衛門が薄笑いを浮かべつつ待っていた。

「さぞや見物《みもの》でございましたろう。手前も拝見いたしとうございましたなぁ」

傲岸不遜《ごうがんふそん》を絵に描いたような顔つきでそう答えた。

出雲守は徳右衛門の無礼を咎《とが》めるどころか、頼もしげに目を向けた。

「だが、水が引いたとて、公領の回復はいまだ端緒《たんしょ》にあるぞ。これからますます面倒事が増えるばかりじゃ」

「なんの。こたびの公領の難儀も、出雲守様の豪腕で、難なく乗り切ることが叶いましょう」

「わしの豪腕もさることながら、万事に金がかかる」

「銭のことなら手前にお任せくださいまし。倉賀野宿の河岸問屋、江州屋孫左衛門は、手前に頭があがらぬようになりました。倉賀野は、中山道、日光例幣使街道、烏川の舟運《しゅううん》を一手に扱っております。搾《しぼ》れば搾るほど金が湧いてくる金《きん》城湯池《じょうとうち》でございましてな」

「うむ」

「いずれにしても、出雲守様を抜きにして、今の政は成り立ちませぬ。出雲守様のご権勢が末永く続きますように、粉骨砕身《ふんこつさいしん》いたす覚悟にございまする」

「わしの権勢が末永く、か。フン。信濃守めがなにやら陰で動いておったようだが、所詮《しょせん》、このわしに及ぶところではない。それに何より、信濃守めは昨今、大奥での評判を落としておる」

「金をばら撒《ま》かぬケチな御方に、大奥は決して加担はなさいますまい」

「そのとおりじゃ」

「出雲守様のご権勢、弥栄《いやさか》にございまする！」

二人の怪物は顔を見合わせてニヤーッと笑った。

四

いよいよ夏の本番だ。水が引いたばかりの公領は、真夏の太陽に炙《あぶ》られて、凄まじい湿気を立ち上らせていた。

濃密な陽炎《かげろう》の揺らぐ中を卯之吉が歩いている。フラフラと揺れて見えるのは、陽炎の揺らぎばかりが原因ではない。

「暑いですねぇ。頭がクラクラしますよ」

遊興に赴《おもむ》く時ならば、炎天下だろうが大雪だろうが元気一杯の疲れ知らずであるくせに、それ以外では無気力で、異常に疲れやすい。お供の銀八と美鈴も呆《あき》れ顔だ。

三人は徳川郷に入った。駆け込み宿に向かう。

「おお、卯之さん、来てくれたか。水路の縄張りで忙しいだろうに、すまねぇこったな」

戸口から顔を出したのは朔太郎だ。

「市太郎の怪我を治せるのはお前ぇさんだけだ。野郎に死なれたりしたら困る。一つよろしく頼むよ」

「はいはい。それじゃあ、あがらせていただきますよ」

卯之吉は宿に入った。足元は泥だらけで、濯《すす》ぐのに時間がかかった。

「江戸の通人《つうじん》が、こんなに足を汚しちまったんじゃあ、形無しだな」

朔太郎が言う。卯之吉も「フフフ」と笑って、

「遊び仲間には決して見せられぬ姿ですよ」

と言った。


市太郎は奥の部屋に、俯《うつぶ》せで寝かされていた。額には汗をかいている。

「お邪魔しますよ」

卯之吉は悠揚《ゆうよう》迫らぬ態度で入ってきた。そんな様子はいかにも名医に見えないこともない。

薬箱は銀八が小わきに抱えている。美鈴はいかなる時でも卯之吉から離れまいと決意しているらしく、医工の手術を見るのは苦手なのだが、部屋の隅で正座した。

部屋の中には由利之丞と、荒海一家の寅三がいた。由利之丞は腰を浮かせた。

「それじゃあ若旦那、後のことは任せたぜ」

同心芝居をしたまま出て行こうとする。それを卯之吉は笑顔で止めた。

「いえいえ。今日は、八巻様にも、お立ち会いを願いたいのですがねぇ」

「オイラにか？　なんで？　どうせ今日もこのお人を小刀で切り刻むんだろう」

手術のことを言っているらしい。

「オイラは血を見るのが苦手――じゃねぇ。人斬り同心と謳《うた》われたこの八巻だ。血を見るにやぶさかじゃねぇが、医工の心得はねぇ。邪魔《じゃま》にしかならねぇだろうから、この場は遠慮しておくぜ」

なんのかんのと言いながら逃げ出そうとする。

「いえいえ。そう仰《おつしや》らずにお願いいたしますよ」

重ねて言われると、由利之丞には断れない。本当の身分は売れない役者だ。卯之吉からのご褒美《ほうび》を期待している身である。

「それじゃあ、早いとこ済ましてくんな」

渋々という顔つきで座り直した。早くも顔面の血の気が引いている。卯之吉はクスクスと笑った。

「それじゃあ、八巻様のお言葉に従いまして……。寅三さん、市太郎さんの御着物を脱がしておくれな」

「へい」

寅三が市太郎の帯を解いて、襟《えり》を摑んで引き下ろした。

背中の大きな刀傷には、練り薬が塗られ、さらに油紙が被せてあった。卯之吉が以前に施した手当てだ。

「傷の治りがよくねぇようで、目を覚ましたり、気を失ったりの繰り返しなんでさぁ」

寅三が伝える。

「ふ〜ん。どれどれ」

卯之吉は危機感のまったくない顔つきで、市太郎の背中に顔を寄せた。油紙を剝《は》がしもせずに眺め終えると、元のように座り直して、なにやらちょっと小首を傾《かし》げた。

「市太郎さん、あんた、いったい何者なんですかね？」

その場にいたすべての者たちが（急になにを言い出したのだ）という顔つきで卯之吉を見た。一人、市太郎だけが気を失ったままだ。

「寝たふりをされても困りますよ市太郎さん。あなたの背中の傷はもう、あらかた塞《ふさ》がって治ってる。他のお人たちは騙《だま》せても、医者のあたしは騙せませんよ」

市太郎を除いたこの場のすべての者たちが（医者じゃなくて同心だろう）と思っただろうけれども、口を挟む者はいなかった。それどころではない。皆に緊張が走った。

卯之吉は薄笑いを浮かべ続けている。

「あたしは医者です。あたしの目で見て、もう大丈夫だと思ったから、あなたを三国峠にやったんですよ。更《あらた》めて別の怪我を負った、斬りつけられた、って話ならばともかく、怪我が悪くなって戻ってくるってのは、どうにも納得できませんね」

卯之吉は莨盆《たばこぼん》を取り寄せると、煙管《キセル》に莨を詰め始めた。

「怪我人や病人の前では吸わないんですけどねぇ、あなたはもういいでしょう」

のんびりとした口調と手つきで優美に煙管を回しつつ、

「そもそも、最初からあなたはおかしかったですよ。お背中の傷は、死なぬように、背中の筋を断ち切らぬように、巧妙に斬りつけられていました。なるほど一見、無残な斬られようではございましたがねぇ、医者のあたしの目には、わざと急所を外して斬ったようにしか見えなかった。素人目には深傷《ふかで》に見えるでしょうけれども、実は浅傷《あさで》だったんです」

卯之吉は莨盆の火種で火をつけると、プカーッと紫煙《しえん》を吹かした。

「そんな巧妙なことができたのは、斬るお人と、斬られた市太郎さんが、一味同心だからですよね。さて市太郎さん。曲者に斬られたように装ったのは、なぜですかね？　公領で騒ぎを起こせば、切れ者とご評判の八巻様がスッ飛んで来られると考えたのですかね？　さては、八巻様に近づくための狂言でしたかね？」

瞬間、俯せで寝ていた市太郎の身体が跳ねあがった。

「野郎ッ」

一番近くにいた寅三が摑みかかろうとしたが、その寅三の顔を目掛けて市太郎は敷布団を投げつけた。

寅三は視界を塞がれる。摑みかかろうと伸ばした腕が空振りをした。市太郎は素早く由利之丞に迫る。その右手にはキラリと光る刃物があった。布団の下に凶器を隠していたのだ。

「ひえええっ！」

由利之丞は逃げようとした。市太郎は素早く由利之丞の襟首を摑んだ。

「そこまで！」

叫びながら美鈴が小柄《こづか》を投げつけた。市太郎は凶器で打ち払う。美鈴は腰の脇差しで斬りかかった。大刀のほうを抜かなかったのは、室内での戦闘を考慮したからだ。

市太郎は身を小さく丸めると床の上を転がって逃れた。なんとも奇怪な動きだ。

「忍びの者か！」

美鈴はさらに斬りつけたが、これも、市太郎にかわされた。

市太郎は障子窓をバリバリと破りながら屋根へ出た。

「逃がさぬ！」

美鈴が後を追う。市太郎と屋根の上で向かい合った。

屋根は古びた板屋根で重石《おもし》がのせてある。踏み下ろすとギシギシと鳴った。足場は悪い。

市太郎は蜘蛛《くも》のような四つん這いで低く構えて、凶器の刃《やいば》を美鈴に向けた。なんとも異様で不気味な構えだ。どのように動き、どのように襲ってくるのか見当もつかない。

美鈴は短刀を捨てて、長刀を抜き直した。

「なんだなんだ！」

表道にいた荒海一家の者たちが、突然の騒動に驚いて、見上げている。

「ありゃあ市太郎じゃねぇか」

「美鈴様が癇癪《かんしやく》を起こしていなさるぜ。市太郎め、なんだってあんなに美鈴様を怒らせたんだ？」

（癇癪を起こしているわけではない！）

訂正しておきたかったけれども、今はそれどころではない。市太郎からは一瞬たりとも目を離すことはできない。

（来る……！）

市太郎の身体《からだ》がグウッと沈んで殺気がみなぎった。直後、四つん這いの態勢から飛び掛かってきた。

美鈴は咄嗟《とつさ》に身を低くして避けた。市太郎の身体が頭上を跳び越えていく。跳び越えざまに投げつけられた凶器を、美鈴は辛くも打ち払った。

市太郎は屋根の向こうに四つん這いに飛び下りる。美鈴も慌てて態勢を直した。美鈴が打ち払った凶器には紐《ひも》がつけられている。市太郎は素早くたぐって手許に戻した。

（な、なんだ、この武芸は！）

あまりにも想定外の動きで、さしもの美鈴も混乱している。さらに動揺を誘うかの如く、市太郎が這ったまま真横に移動し始めた。

「ううっ」

足元も悪い。美鈴はあやうく重石に躓《つまず》きそうになった。

(刀では、不利だ)

刀は円弧を描いて振り下ろす。同じ目線にある物を(あるいは人を)いちばん斬りやすいようにできている。振り下ろせば振り下ろすほど、低い場所にある物を斬るのには向かない。振り下ろせば振り下ろすほど、刀は自分の足元に近づいてくる。つまり、すぐそばにまで敵を引きつけなければ刀が届かない。

(だが、市太郎を引きつけたなら、あの武器の餌食《えじき》となってしまう)

美鈴の額に汗が滲んだ。

市太郎は四つん這いのまま、スルスルと移動し続けた。

その時、ふいに、卯之吉が窓から顔を出した。そして市太郎の動きを見て、

「ハハハ」

と乾いた笑い声を上げた。

「まるで御器齧《ごきかぶ》り虫みたいですねぇ」

突然に箒《ほうき》を取り出すと「えいっ」と市太郎の背中を、御器齧り虫（ゴキブリ）を潰すようにして叩いた。

市太郎の気息《きそく》が乱れた。見開いた目を卯之吉に向けた。

瞬間、美鈴は市太郎に突進した。腰に構えた刀の切っ先を、体重をのせて突いた。斬るのではなく、体当たりをするようにして突き刺したのだ。

「ぎゃっ！」

市太郎が後退《あとずさ》る。肩口に刺さった刀から逃げようとした。美鈴は二ノ斬撃を繰り出して、市太郎の肩を深々と斬った。

血飛沫《ちしぶき》を上げながら市太郎が倒れる。屋根の上を転がって、表道へズドーンと落ちた。

市太郎は地べたで手足を震わせていたが、やがて太い息を吐き出しながら事切れた。

荒海一家の子分たちが遠巻きにして、市太郎の最期を見守っている。

表道にノソノソと卯之吉が出てきた。市太郎の骸《むくろ》に目を向けた。

「卯之さん、なんの騒ぎだ！」

朔太郎が走ってきた。三右衛門も血相を変えている。

「旦那ッ、市太郎が、殺し屋だったたってんですかい！」

「そのようだねぇ」

卯之吉は市太郎の前に屈み込み、着物を捲ると、腕や足に触った。

「ふ～ん。忍びのお人の手足ってのは、こんなふうに鍛えられているのだねぇ。常の武芸者とは肉のつき方が違うから、水谷様や美鈴様でも、市太郎さんが武芸の持ち主だと見抜くことはできなかったのだねぇ」

卯之吉は市太郎の四肢を丹念に調べている。いつもの野次馬根性で、忍びの肉体というものに興味を持ったからなのだが、傍目《はため》には、剣豪が忍びの技について見極めようとしている、とか、辣腕《らつわん》同心が眼光鋭く検屍《けんし》をしている、などなど、そういう姿に見えたかもしれない。

美鈴が二階から下りてきた。市太郎の骸に目を向ける。

「この者は、何を企んでいたのでしょうか」

卯之吉は市太郎の手足を曲げ伸ばししながら答えた。

「二番仕立ての狂言だったのでしょうねぇ」

「狂言？」

「ほら。放蕩者の悪ふざけでよくやるでしょう?」

よくやるでしょうと言われても、美鈴は放蕩者ではないし、悪ふざけにも興じない。卯之吉は続ける。

「悪ふざけで、誰かを担いだ時にですね、それが悪ふざけだと知れたところで、更めてもう一段の悪ふざけを仕掛ける、って寸法ですよ。最初の悪ふざけが露顕して、ホッと安堵《あんど》して、油断しきったところへドーンと次の仕掛けで驚かせる。どんなに肝の太いお人でも、遊びに慣れた通人でも、ついつい、引っかかってしまう。それと同じことですよ」

「同じこと、と言われましても……」

「あの大男の武芸者様が襲って来ますよね。それだけでは、敵は〝芸がない〟と考えたのでしょう。大男の武芸者様が負けるかもわからないですからね。でも、大男の武芸者様に勝てば、こちらは安心して気が緩《ゆる》むはずだ。そこを後ろから市太郎さんが一刺しにする、という魂胆だったのでしょうねぇ」

美鈴は戦慄《せんりつ》した。

「危ないところでした」

「由利之丞さんは運が良かったですね。二人きりになったりしていたら、刺されていたかも知れませんよ。でもあたしは始めから、このお人は斬られたふりをしてこちらに近づいてきたんだとわかってましたからねぇ」

どうしてそのことを皆に報せておかないのだ、と、美鈴と朔太郎は愕然《がくぜん》として思ったであろう。一人、三右衛門だけが拍手喝采《かっさい》している。

「さすがの忍び野郎も、旦那の眼力からは逃れられなかったってわけだ！」

いつものような思い違いだ。

「さすがはオイラの旦那だ！　忍び野郎め、ざまぁみやがれ」

卯之吉は立ち上がると、宿の裏手に回った。井戸に手を洗いに行ったのだろう。

「いったい誰が、旦那様を狙ったのでしょう」

美鈴が美しい眉根をキュッと寄せる。

「卯之さんも敵が多いからなぁ」

朔太郎は腕組みをしながら首をひねった。

「おおい、もう終わったのかい……」

由利之丞が恐る恐る外に出てきた。朔太郎はチラッと目を向けて、

「しばらくは替え玉に盾になってもらうしかねぇや」

由利之丞には聞こえぬように、言った。

五

その日の深夜、島津家の隠居、道舶が就寝する庵《いおり》を、一人の忍びが訪れた。

道舶は隠居の身であるが、島津家は表高七十七万石の国持大名で、実際の収入は百万石を超えるとも噂されている。道舶は豪奢《ごうしゃ》で知られた男だ。隠居場の庵といえども御殿のような大きさを誇っていた。

庭は島津家に特有の様式で、蘇鉄《そてつ》の木が植えられてあった。忍びは身を低くして庭を横切ると、道舶の寝所に向かった。

寝所の庭には宿直《とのい》の武士が控えている。忍びの者を目にすると、寝所の雨戸に向き直って、声をかけた。

「ご隠居様。徳川公領に放ちし忍びが戻って参りました」

「大儀《たいぎ》である」

道舶は、深夜にもかかわらず、まだ起きていたらしい。雨戸越しに太い声がした。

忍びは雨戸に向かって平伏した。

「市太郎めが、し損じましてございまする」

短く報告して、それきり黙り込む。雨戸の内側の道船も、しばらく黙り込んでいた。

「……八巻の手で、返り討ちにされたと申すか」

「徳川郷の駆け込み宿にて討ち取られし事、確かめましてございまする。おそらくは、八巻に正体を見破られたものかと」

「見破られたのか。市太郎ほどの手練《てだれ》が」

任務のためなら我が身を傷つけることも厭《いと》わぬ忍びが。道船は再び絶句した。

「川ノ村はいかがした」

「川ノ村様の行方も知れませぬ。市太郎の口舌で、上州の山中に引き込んだまでは良かったものの、八巻は無事に戻り、川ノ村様は戻って参られませんでした」

「川ノ村まで討たれたと申すか！」

忍びは慙愧《ざんき》に堪《た》えない様子で、庭の地面に両手をついて低頭している。

「川ノ村様が八巻を討ち取ることができなかった時には、油断した八巻を背後から襲う──これが市太郎の立てた策。この二段構えの秘策も、八巻には通じなかったようにございまする」

「八巻め、なんという男じゃ！」

「あの本多出雲守が、懐刀と頼むだけのことはございました。まことに恐るべき男にございまする」

「敵を褒めてどうする！」

道舶の怒声で雨戸が震えた。忍びの者はますます身を縮めた。

「篠ノ原様は、敵の目につかぬよう、上州を離れられ申した。中山道を通って信濃より西国に向かっており申す」

忍びは報告を終えると、足音もなく庭より消えた。

「おのれ八巻めッ。なんとしてくれようぞ！」

道舶の罵声《ばせい》だけが、いつまでも聞こえ続けた。


その猟師は山刀《さんとう》を片手に深い山道を進んでいた。

五十ばかりの白髪まじりの年格好だ。彼は鉄砲撃ちではなく、弓矢も使わず、猟は専《もっぱ》ら、罠に頼っていた。山の中を歩き回って、獣道《けものみち》や獣の足跡を探し出す。長年の経験と勘で、ここぞと見極めをつけた場所に秘伝の罠を仕掛ける。一日か二日後に仕掛けた罠を見回ると、野ウサギや狐《きつね》、時にはカモシカなどの大物がかかっているのだ。

ところがである。ここ数日ばかり不猟続きであった。

「ここにも、何もかかっていねぇ……」

猟師は舌打ちしながら罠を投げ捨てた。

先日、この山では大きな騒動があった。江戸の役人が曲者と戦い、鉄砲を撃ったのだ。

「騒ぎのせいで獣どもがみんな逃げちまった」

おまけに昨夜は里のほうから不気味な地響きまで轟いてきた。猟師本人も驚いたけれども、獣たちはもっと驚いたことだろう。獣は皆、臆病だ。狼や熊のような肉食動物でさえ、異変を察すると逃げてしまう。

「やれやれ、なんてぇこったい」

足腰にはまだまだ自信のある猟師だったが、無駄働きは心身に堪《こた》える。苔《こけ》むした岩を見つけると、腰を下ろして、一服つけ始めた。

愛用の煙管に、村の宿で手に入れた安物の莨を詰める。火は、火打ち石と蒲《がま》の穂《ほ》と付け木があればすぐについた。

と、その時であった。右手の谷底から唸《うな》り声――らしきものが聞こえてきた。

い。


「熊だべぇか？」

　猟師は腰の山刀を抜いた。

　上州の山々に生息するのはツキノワグマで、それほど大きな生き物ではない。

　とはいえ、熊と鉢合わせをしてしまったら、大怪我も覚悟しなければならない。

「熊公を脅かしちゃあ、いけねぇな」

　熊も、人間が武器を持っていることを知っている。こちらが静かにしていれば勝手に立ち去ることだろう。

　そう考えて息を殺しつつ耳を澄ませていると――、

「うぉーい……。誰かいるのか」

　はっきりと人語が聞こえてきた。

「熊じゃねぇのか。人なのか」

　熊みたいに低い唸り声なので、てっきり熊だと決めつけてしまった。

「おーい、頼む、誰かいるのなら助けてくれ」

　猟師は急いで谷底を覗いた。猟師も山の中で一人で働いている。山中で事故に遭《あ》った時の心細さは理解していた。助けを求めている者は、助けてやらねばならない。

「おーい。誰だぁ。怪我をしてるのかぁ」

叫び返すと、「ここだ」と答えて、木々の間で蠢《うごめ》く何かが見えた。

「……やっぱり熊じゃねぇか」

黒々とした巨体は熊にしか見えない。

「熊ではないぞ。人だ。浪人だ」

「それじゃあご浪人様、なんだってそんな所に落っこちていなさるんですかえ」

猟師はハッとなった。

「さては、お役人様に追われていたっていう曲者……！」

「違う。その逆だ！」

「嘘をつくでねぇッ。悪人ヅラは一目でわかるだぞ！　お前ぇ様、人を斬ったことがあるだろう！」

猟師の目にはその強面《こわもて》浪人は、極悪人にしか見えなかった。

「確かに……人を斬ったことは、ある……」

「やっぱりだべ！」

猟師は急いで麓《ふもと》を目指して走って逃げた。

「待てったら！　このわしは、南町の八巻の手下で、名は水谷弥五郎……おいッ、行くな！」

猟師は戻って来ない。

「俺がここにいることを、必ず、役人に報せるのだぞーッ」

水谷弥五郎の大声が険しい谷間にいつまでも谺《こだま》し続けた。

この作品は双葉文庫のために書き下ろされました。

双葉文庫

は-20-17

大富豪同心《だいふごうどうしん》
御用金着服《ごようきんちゃくふく》

2015年7月19日　第1刷発行
2020年3月4日　第5刷発行

【著者】
幡大介《ばんだいすけ》

【発行者】
箕浦克史
【発行所】
株式会社双葉社
〒162-8540 東京都新宿区東五軒町3番28号
［電話］03-5261-4818(営業)　03-5261-4833(編集)
www.futabasha.co.jp
(双葉社の書籍・コミックが買えます)
【印刷所】
株式会社新藤慶昌堂
【製本所】
大和製本株式会社

【表紙・扉絵】南伸坊
【フォーマット・デザイン】日下潤一
【フォーマットデジタル印字】飯塚隆士

ISBN978-4-575-66732-5 C0193
Printed in Japan